文治
© wénzhì books

夜行摩天轮

[日]湊佳苗——著
丁世佳——译

湊かなえ

四川文艺出版社

目录

第一章 远藤家

晚上七点四十分——

事情为什么会演变成这样呢?

远藤真弓眼前的少女名叫彩花，这名字是她取的。

少女一边高声嘶喊，一边挥手把书桌上的东西不分青红皂白地全扫落到地上。不对，手机、大头贴小册之类她喜欢的东西都避开了。扫到地上的是课本、字典、笔记……铅笔盒分明是上个月才买的啊，难道已经腻了吗?

然而白底粉红心形花样的厚地毯吸收了东西落地的冲击和声响。这张地毯虽然有点贵，当时咬牙买给她真是太好了。

以前这样不上不下的沉闷声音会让少女更加不爽，转而把东西朝墙上砸，但大概两个月前，墙上贴了她喜欢的偶像海报，所以她就不再这么做了。

少女瞥了海报一眼，仿佛用尽最后一丝力气般大吼“死老太婆，给我滚出去”之后，这次的抓狂表演就此落幕。不能因为她骂我是死老太婆就生气，比起没完没了的抓狂表演，挨一两声骂根本不算什么。

分明是自己尽心尽力养育的孩子，为什么非得被她这样辱骂呢?

真弓一开始真的觉得非常伤心。但这一定也不是彩花的本意，她的拳打脚踢只是不愿意再继续维持现状，充满痛苦的诉求表现吧。这样想的话也就能坦然承受了。

到家庭暴力相关的网站上去留言看看。“在墙上贴海报很有效。越难入手的越好。”

最近甚至有余力考虑这种事情了。

海报是网络拍卖品。当时彩花面不改色地说当天中午拍卖截止所以要请假不去学校，真弓说服她去上学，自己负责把海报拍到手。

一张纸就要一万日元。真弓年轻的时候也有喜欢的偶像，但可没花过这么多钱买海报。

真是荒唐。但要是没拍到的话——彩花放学回来，听说海报拍到了很是开心，但问了价钱之后不屑地说：“你是白痴吗？再怎么贵顶多五千日元吧。连行情都搞不清楚，就一直抬高出价竞拍对不对？你这个人就是在奇怪的地方不肯服输，死要面子才会这样。你闯的祸最后倒霉的都是我，这你多少总该知道吧！”

什么我闯的祸啊？！结果连声谢谢也没有，费用全部都是真弓出的。这是两天的打工钱，房子的贷款还得还三十三年，彩花可能得去考私立高中，也需要学费。

但是这一万日元并没有白费，抓狂中的彩花把本来要扔向墙壁的字典放了下来，一万日元真算便宜了。

从那时开始，真弓就对海报上有着可爱笑容的少年高木俊介抱着好感，开始支持他。

只要是他演出的节目她几乎都看，CD和写真集也都购买收集。看着俊介一开始生涩的歌唱功力和演技在短时间内突飞猛进，为他打气很是愉快。最重要也最高兴的是跟彩花有了共同的话题。

不是快考试了吗？学校情况怎么样？快点去洗澡吧。

在此之前真弓跟彩花说的话都是唠叨，这简直就像是猛按让彩花抓狂的按钮。

“俊介要演连续剧了哦，好像还要唱主题曲呢，真是太棒了。对了，暑假的时候要不要去听演唱会啊？”

“跟老太婆一起去听演唱会太丢脸了，但是你一定要跟的话，那就一起去吧。你要给我买新衣服哟。”

有俊介这个媒介，真弓就能跟彩花愉快地交谈，有机会的话真的想写信感谢他。真弓非常期待暑假到来。

然而今夜彩花抓狂的原因却是俊介。

俊介为了替新节目做宣传，上了周三晚上七点很受欢迎的益智问答节目。他顺畅地回答了各种难题，原来他在著名的私立学校上学。真弓只不过称赞了他一下。

“俊介真厉害啊，脑筋这么好，怪不得演技也出色。台词什么的一定很快就能背起来，也能完全融入剧情吧。又会唱歌，又会跳舞，总之聪明的孩子做什么都没问题。”

“反正我就没考上！”

不知是哪句话惹到了彩花，她吼了一声就冲上二楼，不知是哭泣还是喊叫的声音开始在家中回响。真弓虽然很想不予理会，但这样只会让彩花变本加厉。以前有一次她曾经下楼来，到厨房把餐具都砸了。

真弓脚步沉重地走上二楼，打开彩花房间的门。地上已经散落着好几本参考书。

“别这样啊，彩花。妈妈跟你道歉，不会念书也没关系的。”

“不要把我当傻瓜！”

笔记本、课本纷纷落地，书桌上只剩下手机和大头贴小册。很好，今天就到此为止了。真弓松了一口气的同时，彩花朝墙壁伸出了手。

“不要啊！”

少年的笑脸被撕裂成两半。在那个瞬间，真弓的身体仿佛被透明的胶膜包住了，好像全身被泼了胶水，慢慢凝固一般。这是什么感觉呢?

真弓透过胶膜望着一个未知的世界。

从没见过的珍奇野兽大肆暴动。是猴子，还是猫?以脸形来说是松鼠吧。野兽伸出长长的爪子，使出浑身解数抓狂。海报已经被破坏到无法修复的地步了，但是野兽并没有要停止的意思，墙壁上满是爪痕。

快住手。不要这样。我不能原谅破坏我的宝物的家伙。

叮咚！高亢的铃声突然响起。

是门铃。这个时间会是什么人?包裹着真弓的胶膜慢慢融解了。

她下楼到玄关，望向对讲机屏幕。是个满面堆笑的圆脸妇女——隔壁邻居小岛聪子，她的脸也贴得太近了。真弓打开门。

小岛聪子穿着一套运动服，肩膀上斜背着一个小包，镂空黑天鹅绒的材质，缀着一日元硬币大小的金色亮片。真弓还没来得及收回视线，聪子就趁势进了门。

“这是人家送的巧克力，我们家两个老人吃不了这些，你们收下好吗？”

聪子递出一个小纸袋。这是真弓结婚前曾在情人节发愤买过一次的名牌货。真弓客气地收下、道谢，但聪子却没有要离开的意思，反而越过她的肩膀朝后张望。

巧克力只是借口而已。

“啊，是不是我们家声音太大吵到您了？我女儿的房间有蟑螂，把她吓得要命……偶尔会这样。我跟我女儿都很容易大惊小怪，真的非常不好意思。”

真弓很快一口气说完，然而聪子却在面前摇手。

“哎哟，说什么呢？哪听见什么声音呀！是我这个时间来打搅不好，对不起啦，那我这就告辞了。”聪子满面笑容地转身离开，真弓关上门，叹了一口气。

真是丢脸丢到家了。

彩花的抓狂表演和真弓的叫声一定响彻四邻。绝对不是今天才有的事，聪子肯定一直都很在意。她似乎是个好人，或许不是好奇，而是真的关心，估计她是忍不住了，刚好今天有巧克力可以当借口，所以才过来。

不，虽说是邻居，但真的听得见声音吗？在家里的确偶尔可以听到外面的声音，但真弓却从来没有听过从小岛家传来的动静。是因为他们只有老夫妻两个人住吗？但是对面高桥家有青少年期的孩子，也没听过他家的声音。不管是怎样有教养的好孩子，这种年纪也会听听音乐、看看电视吧？自家也就罢了，小岛家的房子应该不是随便就能听见隔壁动静的廉价住宅才是。

果然还是真的要送巧克力才过来的吧？

要真是如此，拿蟑螂当借口可丢脸丢大了。

以前住的破公寓还好说，现在这房子才盖三年，根本不可能有蟑螂，要是有的话绝对立刻打电话去跟建筑商抗议。

聪子会不会去跟别人宣扬呢？

远藤家有蟑螂呢！

哎哟，真讨厌。

真的讨厌死了。

真弓没力气再上二楼，便回到客厅，电视和冷气都还开着。她打开柜子抽屉，拿出家庭账本和计算器放在桌上。

聪子已经回家了吧。

真弓把临街的窗户打开十厘米左右，温热的风微微吹动了窗帘。真弓没有拉开窗帘，就这样把窗户全打开，然后关掉冷气回到桌前，开始敲计算器记账。

今晚有风很舒服。

晚上十点十分——

不知从哪儿传来女人高亢的叫喊声。

“快住手！”

真弓瞥向电视屏幕。十点钟开始的纪录片内容是与病魔缠斗许久后终于复出的老演员在讲述生命的珍贵，现场的观众几乎像是故意般一片静默。

“救命啊！”

真弓瞥向天花板。是彩花在楼上看电视吗？声音好像大了点，但真弓并没打算特地上楼去提醒她。

“来人啊！”

不对，这不是电视节目的声音。真弓把音量调低，叫声和噪声似乎是从窗外传来的。

真弓慢慢往旁边移动，离开椅子，然后保持弯身的姿势蹑手蹑脚地来到窗边，用食指微微拨开窗帘往外窥探。越过装饰用的围栏望去，街灯下的路上并没有人影。

“求求你住手吧！”

声音似乎来自某栋住宅。真弓收回拨开窗帘的手指。

是小偷吗？是不是该报警呢？但要是冒失搞错了可不好。

真弓正在迟疑，又听到“咚”一声沉重的声响。

难道没有其他人听到吗？这个时间应该几乎每家都有人在吧，说不定已经有人报警了。

“饶了我吧！”

真弓用双手掩住耳朵，仍旧弯着腰悄悄地离开窗边，然后拔腿跑过客厅上了楼梯。

真弓打开走廊尽头房间的门，像冰箱冷冻库一样的冷气流泻出来。

“不要随便进来！你又要干吗？”彩花正横躺在仍旧散落着各种东西的地毯上看电视，她没好气地回过头来，电视屏幕上是搞笑艺人，而且音量并不大。

“好像发生了大事。”真弓关上门，压低声音说。

“什么事？”彩花冷冷地回道。

话说回来这个房间听不到外面的声音。不，仔细聆听的话，还是可以听到一点动静。

真弓拿起扔在地毯上的遥控器，把电视机的音量调小，然后弯腰慢慢走到窗边，把窗帘掀开一点，尽量不发出声音地开窗。

窗户开了十厘米左右。

“喂，你干吗啊……”起身大声抗议的彩花也望向窗子。

“噢呜——”男人大叫的声音传来。“救命啊！”接着是女人的声音。

这比刚才在楼下听着还大声，听得更清楚。

“看吧，是不是出大事了？”

母女俩一起往外看去……但彩花立刻站起来把窗户关上锁死，拉拢窗帘，把电视音量调大。

“搞什么鬼！管人家干吗？那是从对面传来的吧。”

彩花这么一说，真弓终于发觉了，叫声是对面高桥家的主妇淳子的声音。

为什么没有立刻听出来呢？不，听不出也是理所当然的，以前从来没听过这样的声音，那位稳重的太太竟然会发出这样的叫声，正因如此，所以一定是出了大事不是吗？

“要是小偷怎么办？他们都呼救了，邻居却没有人去帮忙，这样的话……”

“没事的，那个哦啊乱叫的声音是高少啊，是他们家人吵架啦。”

冷静下来的确能听出男人的声音是高桥家的儿子慎司。但是，他也不是会这样大呼小叫的孩子。

“可是，就算那样，也还是有点奇怪啊。”

“别管了。不要随便插手别人家的闲事，丢不丢脸啊？就算你不去，小金包也快出场了吧？真是的，老太婆就是这样神经大条。”

“不要这么说，小岛太太一直都对我们很亲切的。”

“是这样吗？那个老太婆虽然满脸笑容，眼神可没在笑。好像总是在刺探别人家的隐私吧？就像刚才那样。真是的，不知道她会去散播什么谣言。”彩花嗤鼻笑了一声，背对真弓横躺下来。

谣言……

窗子旁边破烂的海报垂了下来，露出底下的墙壁。

浅粉红色的格子壁纸，虽然有点贵，可是彩花喜欢，所以还是选了这个，因此还要她保证不会弄脏弄破的。

壁纸上无数的刮痕……

真弓决定不去想对面人家传来的声音是怎么回事了。出于善意鼓起勇气的行动，却可能会伤害对方的自尊。不仅如此，要是让人家回一句：“你们家不也成天大呼小叫吗？”那岂不是自讨没趣没脸见人？

“快点去洗澡吧。你不是不喜欢妈妈先洗吗？”

真弓离开彩花的房间下了楼，走回摊着家庭账本的餐桌旁。

“求求你！不要再这样了！”

还听得到，我还想求你不要再这样了呢。真弓好像要塞住耳朵一样抱着头。

我们家的声音听起来也像这样吗？

把窗子关起来吧。真弓这会儿才想到。

“住手！求求你住手！”悲鸣变成了哭声。

假装没听到吧，就算见到淳子，也不能问她说：“你还好吗？”要是她说：“对不起，吵到你们了。”就要装傻回道：“你说什么啊？”这就是要在此地圆满生活所需的礼仪。

要是不是小偷，就不用蹑手蹑脚了。真弓直接走到窗边伸出手，揭开一边的窗帘，望向对面的房子。但是高桥家四周围墙很高，从这里顶多只能看到二楼有没有亮着灯而已。

二楼后面的房间灯是亮着的，但平常也是，凌晨一点起来上厕所的时候常常看见对面亮着灯。不知道是比奈子还是慎司的书房，姐姐上的是可以直升大学的一贯制私立女校，所以说不定是弟弟的吧。

话说回来——果然不要多事是对的。高桥家的车库里停着车，亮晶晶的深蓝色高级进口车，应该比我家的车贵上一倍半，真弓心想。淳子说是没有驾照，在大学医院当医生的先生弘幸开车上下班，白天车库是空的。

就算家人吵架一发不可收拾，父亲在家的话就没关系了吧。

……是吗？

不，不能把别人跟启介相提并论。我们家的先生靠不住，高桥家的是没问题的。虽然真弓几乎从没跟对面的先生说过话，但他看起来就是一位充满威严的家长，孩子们应该不会反抗父亲。而且比奈子和慎司比起彩花来不知懂事多少倍，他们不会在家里发疯抓狂的。

当初刚搬来的时候，真弓只要见到淳子，一定都会称赞高桥家的孩子们。

“两人都上好学校呢。”“真是有礼貌。”“身材高挑，好叫人羡慕。”

对这些赞美，淳子的回应一直都一成不变。

“哎哟，哪有？您这么说我真高兴。”

真弓等着她接下来的话，但下面就没有了。别人称赞你，你难道不该称赞回去吗？这不是礼貌吗？称赞你的孩子算是普通的寒暄吧，人家跟你寒暄你自然也该跟人家寒暄。但是真弓得到的回应只有毫不谦虚的满足笑脸。

自己的孩子怎么看都好。不，估计是彩花没有可以称赞的地方。

自家的孩子比别人家的优秀，她对此深信不疑吧。

自豪的孩子们，幸福的家庭。

那样的人家发生争执由真弓去调解，这才是笑话呢。

真弓静静地关上窗子，开了冷气。声音骤然消失了。

解决从外面来的问题实在太简单了。不要开窗就好。

晚上十一点三十分——

真弓合上家庭账本。每天晚上都看的十一点新闻正在报道全球变暖对家庭经济的影响问题。

持家艰难到处都一样。虽然对自己说今天晚上有风很舒服，但关冷气开窗其实是为了省电。

忍耐一个小时其实根本没用。就算自己忍耐，二楼那个两坪半[1]的房间里不管是吃饭时间还是主人不在，冷气都照样开得十足。启介回来的话，也一定是招呼声还没落就把冷气打开。即便如此，拿出家庭账本记账就没法不关冷气。

就算会被启介冷嘲热讽碎碎念也一样。

“好热好热。你真好啊，成天都在有冷气的地方上班。”

在超市打工又不是真弓想去的。但只要想着这是实现梦想的代价，也就能哼着歌工作了。无论有多累，只要走上通往云雀之丘的坡道，自家房子慢慢出现在眼前，心情似乎也就轻松起来了。

云雀之丘，市内最高级的住宅区。云雀之丘。在云雀之丘盖自己的房子。

---

[1] 坪是日本传统的房屋建筑面积单位，一坪是两块榻榻米的面积，相当于 3.3057 平方米。两坪半约等于 8.3 平方米。

真弓的梦想就是拥有自己的独栋住宅。

虽然真弓并非出身贫困，但父亲因工作常常搬家，母亲认为“一家人就该聚在一起”，所以一直住在不同的公寓和大楼里，从来也没有住过自己盖的独栋房子。

就算房子不大也没关系，真弓想在有着小小庭院的房子里组建自己的家庭。

为了朝梦想更进一步，真弓在短期大学毕业之后就到主流建筑公司上班，工作内容是领客户参观样板房。她对家庭的信念比任何人都强，甚至有过业绩比业务部门的男性职员还要好的时期。

可能是因为真弓自负工作能力很强，总觉得业务部门的男人不知怎的都靠不住。为什么不能向客户更多地展示拥有自己房子的喜悦呢？为什么不能进一步让客户了解拥有自己房子带来的幸福呢？

就在此时，来参观样板房的客人弄坏了墙壁，附属的装修公司派来的修理人员就是远藤启介。

“放任小孩在样板房撒野，这些人也未免太没常识了。”

启介对愤愤不平的真弓平静地说：“修理好就行了。没有哪栋房子能够永远干干净净的。”

启介一边工作，一边对真弓说他还是单身汉，希望有一天能盖属于自己的房子。“盖房子和养小孩是一样的，房子并不是盖好就完事了，必须怀着爱意在需要的时候保养维护，珍惜地居住，才会真正成为自己的家。”

真弓对启介的每一句话都有共鸣。就是这个人了。

跟启介结婚，生了彩花，盖了自己的房子——我的人生比想象中还顺利。这样觉得的时间不知道有没有一年？

真弓用指尖拂去摆在桌子中央的观叶植物叶子上的灰尘。

真弓最喜欢的观叶植物、壁纸、灯饰，一切都跟她的理想一模一样。除此之外，她别无所求。

尽管如此，为什么无法心平气和地过日子呢？拥有自己的房子不等于家庭幸福吗……

不可能。

然而这样就好。世界上不幸的人多的是，就跟新闻里报道的一样，跟那些人比起来我们已经很好了。

就算彩花抓狂，就算被骂，只要邻居不抱怨，能平安度过一天不就够了吗？

新闻随着轻快的音乐换成了职业棒球联赛话题。

启介今天好晚，平常都是体育新闻报道开始的时候就回来的。

“去帮我买卫生棉。”彩花在真弓背后说。她刚洗完澡，正用毛巾擦着湿头发。

“啊，用妈妈的不行吗？”

“饶了我吧，谁要用那种特价的玩意儿。明天有体育课，绝对不行。”

马上就午夜十二点了，为什么非得在三更半夜去替女儿买生理用品呢？

“我上个月就跟你说过马上要用完了啊。你每天都去超市，为什么不买呢？”

彩花没好气地大声说。

她跟我说过吗？可能真的说过。不止生理用品，真弓每天早上出门的时候，心里都想着先买这个、得买那个，但傍晚下班的时候总累得要命，早上想的事就忘光了。

“买平常那种就可以了吧？”

真弓确认了牌子之后站起来。跟彩花解释也是徒劳，现在去买就是了。

“顺便买冰激凌吧，要哈根达斯的草莓口味。”

彩花说得可真顺，或许这才是真正的目的。但是真弓并没打算质问她，问了也不能怎样。幸好自己还没洗澡。

真弓拿起惯用的手提包，套上凉鞋打开大门。

面前有个人影。

真弓倒抽了一口气，抬眼一看是启介。

“是你啊。现在才回来。今天有点晚呢。”

“嗯，有点急事得处理。倒是已经这么晚了，你要去哪里？”

“便利店。不好意思，晚饭在微波炉里，你自己热一下吃吧。”

“……要买什么？我去吧。”

启介这算是很贴心的话了。但是无论如何没法叫他去买生理用品。

“没关系，反正也要买明天吃的面包。”

真弓走下大门前的台阶，沿着通往大街的坡道走了几步。

真弓猛地转过身。

高桥家已经恢复平静。二楼的灯仍旧亮着。很好，已经不再吵了。骚动只是一时的。

还是聪子已经去探过情况了？

真弓耸耸肩，正要迈步向前，眼神和阴影中的启介对个正着。他不知咕哝了一声什么，急急关上门。原来他还没进去啊，他是担心让一个年近四十的中年妇女独自走夜路吗？

真弓不知怎的心情愉快起来。也替他买点配啤酒的零食吧。她脚步轻快地走下深夜的坡道。

午夜零点二十分——

离家最近的便利店“微笑超市云雀之丘分店”在坡道和大街的交汇路口。

这种小城镇的住宅区一角，需要彻夜营业的商店吗？不会成为不良少年的聚集场所吧？去年刚开业的时候她的确担心过。但店既然开了就会有人去，真弓担心的不良少年也从来没出现过。

这里果然是环境好的地区。

真弓走进店里，拿了一个购物篮，看见杂志架前站着一个眼熟的少年。

高桥慎司。不到两个小时前在家里大声吼叫的孩子。

他站在那里看漫画杂志。

这孩子也看漫画啊。那是当然，他是中学生。

慎司好像察觉真弓在看他，抬起头来。他的表情好像在说：这是谁啊？啊，好像想起来了。他笑着对真弓点头说：“您好。”真弓也不自在地回道：“你好。”

这孩子是不是不知道外面也听得到他们的声音呢？

真弓是曾想好看到淳子时要装出什么也没听到的样子，却完全没想过面对慎司的时候要怎么办。不知道自己是否面露惊讶的表情，为了掩饰可能的失态，真弓用明快的声音跟他打招呼。

“是来散心的吗？我也是来替彩花买零食的。明年要考高中了，两个人互相加油吧。”

“两个人互相加油”这句话是不是很糟糕？他们两人的程度根本天差地远。但是慎司和彩花并不是同一个小学毕业的，应该不知道彩花没考上好中学，也不至于因为彩花上的是公立学校就看不起她……

外面响起警笛的声音。

一辆救护车从大马路上开过来，经过便利店门口，转弯上了坡道。云雀之丘发生什么事了吗？真弓不由得望向慎司。慎司也望着救护车，但似乎并不怎么在意，马上就又转向真弓。

“谢谢您。也请和彩花同学说我们俩都加油。那我先离开了。您走夜路请小心。”慎司带着笑容说道，放下杂志，拿起脚边装着零食和运动饮料的购物篮，走向柜台结账。但是不知怎的样子有点奇怪。慎司伸手在裤袋里掏摸，然后跟店员说了一句话，又回来找真弓。

“我好像心不在焉，忘了带钱包出门。对不起，可以借我一千日元吗？回家立刻就还给您。”

虽然话声四平八稳，但可能是觉得不好意思，脸上略微发红。真弓觉得慎司这个样子比平常更可爱。

“可以啊。我也常常忘东忘西的。”

真弓从手提袋里取出钱包，里面有三张万元钞，没有千元的。是不是要先买东西找了零钱再借他呢？零食和饮料之类的小东西，替他付账也无不可。但是在中学男生面前买生理用品还是有点那个。

真弓拿出一张万元钞。

“我没有零钱，就拿着吧。今天已经晚了，明天再还就好。”

慎司低头道谢，接过万元钞。

“谢谢您。明天早上一定还。”

慎司用大钞结了账，离开便利店。他在门口回头对真弓点头告别，真弓也笑着对他微微颔首。

明天早上慎司会穿着制服过来。真弓有点期待。

午夜零点四十分——

真弓提着装了生理用品、冰激凌、面包和奶酪鳕鱼香丝的塑料袋，爬上坡道。平常总是因为替彩花跑腿觉得不爽，默默地爬坡，但今晚脚步却轻快了些。真弓甚至有闲情逸致抬头望着星空。

马上就是七夕了。离演唱会还有一个月。

彩花也很期待。她现在可能后悔把海报撕破了。要是她开口，就在演唱会现场买一张新的给她吧。

真弓哼着俊介新曲的副歌部分，但脑海里浮现的却是慎司的脸。

真弓从前就很喜欢慎司。并不只是因为他上私立中学，头脑又好，而是因为他笑起来有点像俊介。看电视的时候她曾经不经心地这么跟彩花说过。

“俊介跟高少像？你去配老花镜吧。”

彩花立刻否决。她管慎司叫“高少”，“高桥家的少爷”的意思。但是对比奈子就很正常地叫“比奈子姐姐”。

果然就算是异性相吸，对面人家有个上私立中学的优秀同龄男孩也一点都不好玩。

救护车从坡道顶端开下来。那是刚才在便利店看到的救护车。车是开到哪户人家了呢？听到警笛的声音，就算跟自己没关系，心里也会感到惴惴不安。

红色的灯光从真弓背后逼近。

一辆警车越过真弓驶上坡道。

发生了什么事啊？真弓想起淳子的叫喊，不禁着急起来，开始小跑步上坡。

警车停在家门前。不，是高桥家门前。

救护车也是去了高桥家吗？附近人家的灯光比刚才真弓出门时多了。被警笛声吵醒的居民都起来看是怎么回事。

但是并没有人走出家门察看……云雀之丘没有这种爱看热闹的无聊人士。不，有三个人。亮片闪闪发光。

是小岛聪子。她在睡衣上披着一件薄薄的外套，斜背着金色小包，站在大门的阴影中窥探。至于另外两个人……

启介和彩花站在自家门口，望着对面人家。

彩花看见真弓，没有出声只对她招手。她脸上满是好奇。启介也注意到真弓了，同样对她招手，但是表情却很严肃。

高桥家发生了什么事啊？家里灯火通明，玄关大门洞开。真弓虽然很想停下脚步往内窥探，但丈夫和女儿都在对她招手，然后还推着她的背进屋，关门上锁。

或许两人不是想看热闹才出去，而是在担心我，或许还想是不是该去接我之类的。

真弓正在这么想的时候，彩花以奇特的雀跃声音说："对面的叔叔好像被打到头，送到医院去了。"

"高桥先生吗？你怎么知道的？"

"因为急救人员用无线电这么说的嘛，然后连警车都来了。应该是刚才吵架的时候发生的，所以就是高少干的。我还以为他是在跟他妈妈吵架呢，原来是跟他爸爸。"

"不要随便乱说话。可能只是单纯受伤，更何况……"

要是那样的话，慎司不可能平静地到便利店去。

"少来，你听到对面在吵架，还特地跑到我房间来不是吗？"

"那是因为……有点可怕啊。"

"害怕就来向自己小孩求救？通常父母应该不要让小孩卷入麻烦才对吧？"

"怎么这么说……"

"我本来根本没注意到，是你擅自跑到我房间来开窗的。都是因为你多事，把我也牵连进来了。要是对面的叔叔死了，我可能会受到精神创伤。你不是希望我上私立高中吗？要是我没考上，这次也是你害的。你打算怎么为我的人生负责啊！"

你啊你的叫个不停，彩花的声音慢慢大起来。真弓完全搞不懂这件事怎么能跟一切都扯上关系。真弓望向启介，向他求援。启介这个做丈夫的只会旁观两人你来我往。

“虽然不知道到底发生了什么事，但声音太大的话，警察恐怕也会到我们家来。”启介转向彩花，但并没有正眼看她。

这个人为什么总是这样？不触及问题的本质，只会提场所啊音量啊，然后说谁谁谁会生气哟。他总是用这种方式说话。

妈妈会生气哟。学校老师会生气哟。店员会生气哟。坐在那边看起来很凶的叔叔会生气哟。警察会生气哟。

你倒是生气啊。就是因为你总是转嫁责任，才让彩花也觉得把自己的问题都怪到别人头上就好。也不想想她转嫁到谁身上，是谁在倒霉啊。要是真弓没扯到启介，他心里一定正算计着要在彩花开始抓狂前快点逃去洗澡。

“老爸什么都不知道，不要插嘴。反正你从来也没派上过用场。快点去洗澡吧？”

连彩花都很清楚。虽然彩花口气不善，启介仍只一边讪笑一边搔着脑袋说：“说得也是。彩花已经洗过了吧？”

“看不就知道了吗？”彩花冷淡地说。

真弓叹了一口气。总之希望今天能平安结束。

“今天已经晚了，我们还是早点休息吧。明天应该就会知道对面发生什么事了。我想一定没什么大不了的。”

真弓瞥向时钟，已经凌晨两点了。兴奋的彩花好像也不敌睡意，走上二楼。启介去了浴室。平安落幕。

真弓装出要确认门窗是否关好的样子，微微掀开朝向对面的窗帘。本来只有一辆警车停在门口，现在却变成两辆了。她根本没注意到。真弓再度觉得心中惴惴不安。要是被发现她在窗帘缝儿间偷窥，警察可能也会起疑。她急忙把窗帘拉拢。

只要把窗子关好，外面的声音就不会传进来。

别人的事情跟我家没关系。

*

早上七点——

警察来了。

彩花和启介坐在餐桌旁吃早餐，真弓设法抑制狂乱的心跳，走向玄关应门。不是穿制服的警员，而是自称县警、穿着西装的两个男人。比较年长的叫作横山，年轻的叫作藤川。

“有点事情想要请教。”藤川用爽朗的语调说。

这并非出乎意料的突发状况。

真弓一直到天亮都辗转反侧难以成眠，不断想着万一警察来问话的话该怎么应对。

我家都关着窗子，什么声音也没听见。

但反过来这等于是说：外面有声音。我们什么也没听见，什么也不知道。为了让警察这么想，无论他们问什么，都装成自己是第一次听说的样子就得了。

啊，是这样吗?

……这么说就好。

“太太，昨天晚上午夜过后，你去过便利店吧。微笑超市云雀之丘分店。”

真弓没法回说：“啊，是这样吗？”难道警察不是要问有没有听到叫声，有没有奇怪的动静之类的问题吗？

“嗯，去了。有急着要用的东西，啊，还买了冰激凌、面包和配啤酒的零食。”

是不是该直说去买卫生棉比较好呢？真弓问：“要看收据吗？”“不必了。”警察拒绝了。他们似乎对真弓买了什么没有兴趣。

“你是不是在便利店碰到了对面人家的小孩高桥慎司？”

这也不能回答：“啊，是这样吗？”

为什么要问这些呢？慎司果然做了什么事吗？是不是该先说我什么也不知道呢？但是既然知道我去便利店的时间，那或许是店员说了看见我跟慎司交谈，警察才来的。怎么知道是我呢？监控录像吗？不，是积分卡。预约演唱会票券的时候，店员推荐我办的卡，早知道就不办那种玩意儿了。

“碰见了。”

只这样回答真让人踌躇万分，好像承认自己做了什么坏事一样。

“能够详细告诉我们当时的情况吗？”

到底发生了什么事，为什么问这种问题？警察什么也不说，真弓只能重复昨晚的情形。

“女儿叫我去便利店买东西，在那里看见慎司站着看漫画杂志。

慎司非常有礼貌地打招呼，拿着装有零食和运动饮料的购物篮去柜台付账，发现忘了带钱包，就跟我借一千日元。但是不巧我没有千元钞，就给了他一万日元。慎司向我道谢，说明天还我钱，然后结账离开了。”

真弓说的时候很紧张，说完了回过神一想，这有什么了不起吗？

“你给了他一万日元是吧？”横山说。

“借给小孩这种金额可不少。怎么不找了零钱再给他呢？”藤川接着说。

“他是对面邻居，又是个可以信赖的孩子，我就没有先找钱了。本来……有想过一起结账替他付钱的，但是我得买生理用品，有点不好意思。”

警察还问了其他问题。

“慎司穿着什么衣服？”

“黑色的T恤和深蓝色的半长裤，是不是这么说的啊？那种长过膝盖的宽腿短裤。我没仔细看他的脚，但好像是穿着运动鞋。也没什么脏乱的痕迹。”

“慎司在店里的态度怎么样？”

“我不太清楚他平常是什么样子，但在外面碰到他，他都会打招呼，所以感觉很不错。昨天也跟我打招呼了，还关心我说走夜路要小心，真的很贴心。当然他一直都在微笑。”

“慎司离开便利店后往哪个方向走了？”

“这我倒没看见，不是回家了吗？”

“慎司是走路去的吗？”

“都说我并没有看见啊，我想是走路吧。我们家也是，骑自行车的话下坡虽然轻松，但回程几乎就得一路推着车子走上坡。”

“结果慎司来还钱了吗？”

“没有。他们家好像出了什么事，而且现在出门上学还太早。一大早就来别人家打搅不是太没礼貌了吗？啊，对不起，我不是在说警察先生。”

两个警察为一大早就来拜访向真弓道歉并且道谢。总算平安结束了。真弓轻轻呼出一口气。

“对了，昨天晚上有特别注意到什么状况吗？”藤川说。

这个问题在真弓意料之中。然而连这也没办法回答说：“啊，是这样吗？”但是现在说这个已经没有意义了。真弓只希望快点解脱。

“没有。”真弓无力地喃喃道，送两个警察出门。

真弓回到厨房，彩花兴味盎然地转向她。

“好棒！是来问对面的事吧？我听到高少的名字，他干什么了？”

“根本没提到这个。只问我昨天晚上是不是在便利店碰到慎司了。”

“哎？你碰到高少了？昨天怎么没说啊？对了，是因为他样子有点奇怪吧。你这个人一定是心想假装没注意到好了，对不对？”

“不是的。他跟平常完全没两样，还说请和彩花同学说我们俩都加油呢。”

“什么，挖苦我吗？”

“好了，快点去换衣服吧。要迟到了。”

彩花鼓着腮帮子说：“好啦。”然后走向浴室。她很少在早上抓狂，但是今天早上心情似乎特别好。

一边看报纸一边偷瞥两人样子的启介也站起来。

过了一会儿彩花准备好了，走向门口。真弓并不送她出门，只是边整理早餐餐桌边说：“路上小心。”大门打开又关上，但立刻又传来开门的声音，脚步声“啪嗒啪嗒”朝这里而来。

“喂，外面不得了了。对面拉起了黄色封锁带，还停着警车，看来事情闹大了。”

彩花把真弓拉到门口，外面拉起的禁止进入封锁带规模比想象中要大，警察不停地进进出出。

“去学校炫耀一下吧。”彩花从制服口袋里掏出手机，打算拍照。

“不要这样。警察会生气的。”真弓压低声音制止她。彩花轻轻咋舌，不情不愿地把手机放回口袋里。

“要是有什么新发展要发短信给我哟。”

八卦本性暴露无遗的女儿让真弓想叹气。但要是拒绝的话，她可能会干脆说不去上学了。

“知道了。”真弓说着送走她。

上午九点——

真弓送走启介之后，开车去超市打工。公司并不补助油钱，但想到不是在云雀之丘的居民会光顾的邻近超市工作，就算有点肉痛也能忍耐。

今天是反馈顾客感恩日的次日，也不是假日，所以店里人很少。真弓站在收银台后，想着昨晚的事。

晚上十点过后，从高桥家传来的应该是淳子的叫声，还有慎司的吼叫。

十二点二十分左右在便利店遇到慎司，听到救护车通过的声音。慎司离开，自己买了东西回家大概是十二点四十分。路上和救护车擦身而过，警车则越过她往前开。

根据彩花的说法，救护车上载着高桥家的主人弘幸，他的头被人打了。

是小偷，还是淳子、比奈子……还是慎司？头被打到是吵闹的那个时候吗？但是在便利店碰到慎司时，他看起来完全不像家里出了大事的样子。那弘幸是在慎司不在的时候受伤的吗？

受伤？话说回来警察待了一整夜，现在还在，状况可能颇为严重。他还活着吗……

不要想了。多不吉利。

下午五点——

真弓心不在焉地打完工回家，车子开到接近云雀之丘的地方被警察拦了下来。好像是在实行交通管制。真弓给警察看了驾照，确认家住在云雀之丘才能开车回家。但是家门前却停了好长一排车子——媒体的采访车。真弓摇下车窗说："请让我开进去。"这才终于开进大门旁边的车棚。下了车就有看起来像是记者的男人跑过来说："能请教几个问题吗？"

我还想请教你们呢。不，我宁可你们不要问我。跟我没关系的。

真弓一言不发地冲上门口台阶，躲进家里。进门就听见客厅传来电视的声音。真弓走过去，看见彩花满面笑容地指着电视画面。

"你看，不得了了吧，凶杀案啊。"

真弓看着画面上熟悉的房子，复古洋房风格的气派住宅。狭窄道路对面的人家里发生了什么事，经由电视上的报道终于知道了。

四日零点二十分左右，本地消防队接获一名女子报案，声称："丈夫受伤了。"

救援人员立刻赶到，发现高桥弘幸先生头部后方出血，倒地不起。救援人员判断并非意外事件，便通知当地警察局。高桥先生在送往医院后不治死亡。

根据警方调查，嫌犯高桥太太自述："用房间里的摆设殴打了丈夫。"案发当时同住的长女与次男均不在家。警方目前以高桥先生跟妻子发生争执的方向调查侦办中。

电视画面上分明是高桥家，真弓却觉得好像是不知何处的远方城镇里发生的事情。一边吃冰激凌，一边紧盯着电视的彩花在广告的时候转向真弓。

"说家人不在，高少昨天分明在啊。那个声音绝对是高少，你也在便利店碰到他不是吗？我要不要出去跟警察说呢？”

“不要这样。他们家的主人去世了。而且说我们听到声音，别人岂不是会认为我们见死不救？”

“说得也是，果然不太妙。还是说什么也没注意到最保险。这附近的其他邻居一定也都会这么说。我们分明没做错事，还非得说谎不可，真是不爽。”

彩花说完上了二楼。真弓冲洗了冰激凌的空盒，丢到垃圾桶里。这是昨天晚上在碰到慎司的便利店买的。

的确是有点内疚。

虽然能避免最好，但要是再被问到高桥家的事，是否还能不置可否地回答呢？

他们夫妻貌似感情很好啊。高桥先生事业有成，太太人也很好，孩子们有教养又有礼貌，竟然会发生这种事，真是难以置信。

简直像是发生在我们家还说得过去似的。

真弓望着自己黏糊糊的指尖，想起昨晚好像被透明胶膜包裹的感觉。要是那个时候门铃没响，她说不定会对彩花做出什么事来。分明是宝贝的独生女，但在那个瞬间完全像是陌生人，不对，是令人毛骨悚然的怪兽。

凶杀案说不定会发生在我家。

没错。附近邻居听到那种声音，一定觉得是我们家出事了。听说出事的是高桥家一定很惊讶。

那个好像童话一样的幸福家庭里到底发生了什么事啊？

*

早上十点——

家门前慢慢安静下来。大概是因为淳子自首了，加上这附近无论问谁都只能听到八卦，媒体判断不会再有更有趣的情报了吧。

真弓请假没去打工。超市的同事没人知道真弓住在云雀之丘。但既然是发生在本市的凶杀案，今天大家的话题一定是高桥家的事。估计还会有“竟然是在云雀之丘呢”之类的闲话，真弓绝对不想听到。

休假太好了。

送走彩花和启介，才刚喘过一口气，门铃就响了。真弓心想要是不认识的人就假装不在家，但对讲机屏幕上是聪子。真弓一边注意外面的动静，一边把大门打开一条小缝儿，聪子微胖的身子钻了进来，她的亮片小包卡在门边，真弓慌忙把门大开。

现在的孩子们是否都不知道亮片了啊。

有金丝的亮片小包。彩花叫聪子“小金包”。

她到哪儿都随身携带这个包，里面是装了什么宝啊?

“哎哟，不好意思。这是人家送的，不嫌弃的话请收下吧。”聪子把手上抱着的哈密瓜朝真弓一送。但她应该不是为了送水果才来的。

“现在有空吗?”聪子低声说。

真弓想站在玄关说话也不是办法，便请聪子到客厅。

“真是不得了的大事啊，吓得我晚上都睡不着了。”真弓泡红茶的时候，聪子反复这么说着。不得了的大事，这点真弓同意。但是有什么可怕的，真弓就不明白了。

“警察有没有来你们家？问有没见到慎司之类的？”聪子没必要地压低声音，同时四下张望。

“有啊……”

警察问得并没这么笼统，但没必要跟聪子说。

“慎司好像失踪了呢。”聪子好像从来取材的媒体记者那里刨根问底过了。

案发当晚比奈子到同学家过夜，并不在家。据说从昨天开始到亲戚家住了。慎司当晚在家，只有行凶那段时间去了云雀之丘的便利店，但在那儿之后就行踪不明了。

他的手机和钱包都留在家里。

“虽然淳子太太自首了，但是我觉得警方好像在怀疑慎司。慎司打伤了爸爸，惊慌之下什么也没带就从家里逃出来。你不觉得这样比较说得通吗？但是他身上应该没钱，所以可能躲在这附近吧。想到这个就疑心他会不会躲在我们家啊，真是吓死人了。你们家也要小心，门窗要关好。”

聪子抱怨了一阵，然后就告辞了。

“亏我们特别盖了两代同堂的房子，出了这种事，在国外上班的儿子媳妇就算回来恐怕也不肯一起住了……”

真弓想起聪子的话。

慎司离开便利店之后就行踪不明。

慎司没带手机和钱包。他是不是如大家怀疑的那样，打伤了弘幸，惊慌之下逃出家里呢？但是在便利店遇到慎司的时候，他看起来并没有惊慌的样子。只是念了一晚上书出来透透气而已。

就在此时淳子用家里的摆设殴打丈夫，置他于死地。

在那么短的时间里办得到吗？还是慎司是到便利店制造不在场证明呢？不管是怎样，慎司应该是打算回家的。钱包和手机对这种年纪的孩子来说，是仅次于性命的重要物品。

但是手上一旦有了钱，就有别的打算了。

跟偶然碰到的对面阿姨借一千日元，她给了一万日元，所以就逃跑了……

慎司之所以下落不明，说不定是我的错。

我完全不知道情况，就跟警察说借了一万日元给慎司。他们心里一定想：原来是这家伙给了他钱啊。

会不会被追究什么罪名呢？不，这还不算什么。要是慎司因此到远方去犯罪，甚至自杀的话，那岂不也成了我的错吗？

真弓拿起遥控器打开电视。换频道、换频道、换频道。甜点、电影、宠物，每个台都是悠闲的主题。要怎样才能知道慎司的消息呢？真弓放下遥控器，双手合十。

希望不要出事，尽快找到慎司。

杀害弘幸的真的是淳子。慎司只是害怕而逃出来，到朋友或者亲戚家去了。真弓希望如此。

祈祷有什么用啊！真弓望向窗户。窗子上了锁，窗帘也拉得紧紧的。为什么那天晚上没有这么做呢？因为聪子来了。要是彩花没有抓狂的话……聪子可能会带着巧克力去高桥家。

从打开的窗户闯进来的到底是什么，真弓还不明了。

【七月三日（星期三）晚上七点四十分—七月五日（星期五）上午十一点】

第二章　高桥家

晚上九点——

楼下传来的声音让铃木步美皱起眉头。

“等一下，说不要晚饭是什么意思？”

“不要就是不要啊。”

“难道又在外面吃了汉堡才回来吗？”

“烦死了，我在外面吃什么要你管！反正我花自己的零用钱。”

“问题不在这里吧。小弘现在正在成长期，妈妈每天都为了你们想出最好的菜单来做给你们吃啊。”

“糟糕，又要大闹了。真是的，我请朋友来家里的时候也不能安静一下吗？他们还要吵一阵子，你就当作没听见好了。”

高桥比奈子侧耳听了一下楼下的声音，然后毫不在意地笑了起来。

这并不是她第一次到私立女中的同学步美家来玩。步美的母亲是料理教室的讲师，比奈子也常常来吃她亲手做的菜，和他们一家人同桌用餐。

那时步美的母亲也和现在一样，念叨不把饭吃完的步美和不肯吃青菜的弟弟弘树。连步美的父亲抱怨用味噌汤来配啤酒的时候，步美的母亲也回说蚬子对肝功能有益。

她曾经跟比奈子说："食物要多嚼几口再吞下去。"比奈子从来没有被父母或学校的老师骂过，虽然这是第一次被非亲非故的大人教训，但她并没觉得不高兴。这种为全家人着想的母亲让比奈子很是羡慕。

"这哪算大闹啊！"

比奈子伸手拿桌上的薯片。反正晚上一定会全部吃完，把袋子整个拉开比较方便，但在步美的房间里却不能这么做。

"但是比奈子你家一定不会这样啊。你妈妈好高雅，小慎也不会反抗吧。"

"我家的确是不会，但是我家对面可厉害了。有个跟慎司一样大的女生，每个星期都要大闹一次。"比奈子想起晚上的住宅区里回荡的尖声叫喊。

"云雀之丘也会这样？"

"跟在哪里没关系吧。不就是普通的住宅区嘛。"

整体看来或许气派的房子和有教养的居民比例比其他住宅区高，但有了对面那家人，就感觉不到自己住的地方有多特别了。

"怎样的女生？"

"外表很普通。不是说很朴素，但就是在学校一点也不显眼的那种。"比奈子想到那好像驼背小动物般的身影。

"但是会大闹？"

“骂她妈妈是死老太婆，还大吼大叫。”

“的确有这种人。这是不是叫作家里小霸王？在外面很乖，回到家里拿爸妈出气。她是有什么不满吧？”

“……好像是没考上私立中学。‘反正我就没考上，私立私立烦不烦啊你，死老太婆’之类的吼叫。”

比奈子知道彩花没考上自己就读的学校。比奈子虽然也用功准备入学考试，但并不怎么特别辛苦。

“真差劲。她不说根本没人知道，这不是自己向邻居公布了吗？她都没发觉？”

“八成没吧。第二天早上在家门口碰到她，完全跟没事人一样点头招呼，‘您好’这样。我忍着不笑出来都快爆炸了。”

“脑中剧场上演爸妈死了来忍笑？”

“没错没错，我想象我爸死了。”

比奈子想着脸色苍白的父亲躺在医院病床上，握着自己的手说，要做个有用的人，然后温柔地微笑着闭上眼睛……

“糟糕，真的哭出来了。”

比奈子从桌上抽了一张面纸，按在眼角。手指按住的地方染上了微微的泪痕。

“比奈子想到这个就会哭？嗯，我能了解。”

步美说出几个月前上课的时候在网络上竞拍，手机被没收的事。她被啰嗦的教务主任叫去，训了快一小时的话。那浓妆艳抹的脸中央有一根鼻毛摇摇晃晃。

“变成老太婆之后就不是女人了吗？害我一直在脑子里杀

我妈。”

“怎么个杀法？”

“绝症。妈妈已经有了必死的决心，写了非常感人的遗书，害我眼泪直流。然后老太婆就说：铃木同学，你真的在反省呢。”

眼前浮现表情奇特的教务主任把手搭在步美肩膀上的画面。

“老太婆真是单纯。”

“就是。要忍笑的话，杀爸妈是挺有效的。”

步美曾经有一次在晨会的时候杀了比奈子，结果真的放声哭了出来。只不过是为了一时忍笑，要是对象是朋友或者男朋友，眼泪就停不下来了。但是比奈子很高兴步美因为自己而放声大哭。

“但是比奈子杀的是爸爸呢。”

“……只不过今天刚好是爸爸而已。”

“我杀爸爸的话哭得出来吗？啊啊，对了，俊介的海报，没有拍到好可惜啊。”

步美叹了一口气，然后突然抓住薯片的袋子，往床底下一塞。

脚步声从楼梯下传来，门被打开了。

“浴室没有人，可以去用了。”步美的母亲探头进来，抽了抽鼻子，环视房内，“你们在吃薯片吧？”

“没有。是午饭的味道还没散掉吧？”步美面不改色地回答。

“那就好。即使是同学来过夜，也不可以在这个时候吃零食。我替你们做了酸奶果冻当消夜，洗完澡两个人就吃吧。”

“好。”步美回答之后，步美的母亲笑着对比奈子说：“你好好休息。”然后走出去。门关上的时候两人面面相觑，苦笑了一下。

突击检查零食是常有的事，所以不能把袋口全部打开。

“好险好险。不过放心，我还有别的存货。你看。”步美从床底下拿出薯片和汽水。

“我也带了很多来。”比奈子也从自己的手提袋里拿出便利店的袋子。

“微笑超市限定布丁，很好吃的。晚上很长呢。啊——好兴奋。干脆小慎每次要模拟考的时候你就来这里住好了。”

“要是那样我就要变成你们家的孩子了。他们学校成天都在模拟考。随便考考就可以了，真是的，有个单纯的弟弟还真累。”

一个星期前比奈子在自己房间听音乐的时候，慎司说希望她在模拟考前一天到朋友家去住。比奈子考虑到慎司在隔壁房间，已经把音量调得很小了。虽说是模拟考，慎司上了初三之后又不是第一次，以后还有更多次呢。

那每次你考试我都要离开？比奈子这么问，慎司说，只要这次就好。因为暑假时的三方面谈要用这次考试的结果。

“小慎就是单纯才好啊。跟俊介有点像，真令人羡慕。好想拿我们家弘树跟你换。既然是比奈子的弟弟，一定也很聪明，欢迎你们全家啦。”

“要能这样就好了……”

比奈子想象慎司坐在铃木家的餐桌旁。“吃饭的时候不要看笔记了。不要只顾着念书，好好吃饭，也要运动。”慎司会不会被人这样说呢？“篮球比赛的时候我会做便当带去，要加油”之类的。

慎司现在正在二楼边间的书桌旁，用功准备明天的模拟考吧。

其实根本用不着那么紧张的。

“要是考得不好不想怪姐姐。”

凌晨两点——

虽然还有很多话想聊，但已经很晚了，也不想再吃零食。两人打着呵欠，想到明天还要上学，便收起零食准备就寝。

但是关上灯，步美躺在床上，比奈子躺进旁边地上铺的被褥时，睡意就不知跑哪儿去了。两人沉默了一会儿，却一点也不想睡。

“比奈子睡了吗？”

“完全没有。”

过夜派对第二轮开始。她们没开灯，抱着枕头坐起来。

“比奈子，上次跟你告白的那人你打算怎么办？”

“拒绝吧。”

“为什么？太可惜了。还挺帅的不是吗？”

“但是有点笨。”

“果然介意这个啊。”

比奈子的眼光太高了。因为父亲是医生，哥哥也在上有名的医学院。步美常常这么说，但比奈子自己并不这么觉得。只不过男朋友的知识水平如果不跟自己相当，那未免太无聊了。

“步美不是也对食物很挑剔吗？”

“因为总会跟妈妈做的比较嘛。”

比奈子平常都吃便当，很少去学校食堂，偶尔吃一次觉得哪种都好吃。其他的学生也都觉得食堂的饭不错，但是步美不管点什么都微微撇着嘴吃。

“就算比一般的平均水平要好，到头来还是拿自家的作为标准。这从某方面来说实在挺糟糕的。”

黑暗中闪起粉红色的光芒，音乐响起。

“是我的手机。”比奈子拿起桌上的手机，“……是我妈。”

按下通话按键。

“妈妈？”

“喂，是高桥比奈子小姐吗？”

比奈子沉默地等对方说下去。

男人的声音。要不要回答呢？

“我是S警局的警察。这是用高桥淳子太太的手机打女儿比奈子的手机号码。请问是比奈子小姐本人吗？”

说话方式非常客气。但是突然说是警察，完全想不出会有什么事。比奈子想起所谓的“是我是我诈骗”。

“怎么了？”步美小声问道。

“一个男人自称是警察。是不是不理他直接挂断比较好？”

“要我接吗？以前我也对付过打到家里的骚扰电话。”

步美好像觉得很有趣，从比奈子手中接过手机。“电话换人接了。”步美装成中年妇女的声音说。

这是步美模仿教务主任的拿手好戏，但比奈子听到时总是想起自家斜对面住的小岛聪子。接电话时提高一度的声音更像。跟在庭院里洒水的聪子从亮晶晶的小包里拿出黑色手机讲话时一样。聪子看起来似乎也很擅长应付骚扰电话。

但是步美默不作声。

“那是真的吗？”

不是模仿的声音。步美一手拿着电话，站起来开灯。怎么了啊？步美说出家里的地址和电话，还仔细说明从邮局旁边左转，这样没关系吗？

比奈子担心地望着，步美挂了电话。

“比奈子，糟糕了。你爸爸被送到医院了。警察说现在来接你，你最好快点准备一下。”

这听起来才像诈骗不是吗！比奈子想详细询问电话内容，步美却走出房间，大声叫道：“爸！妈！快起来。”

总之先换衣服。制服好还是便服好呢？比奈子烦恼了一下，从手提袋里拿出 T 恤和牛仔裤。衣服上沾着薯片的味道。

父亲在医院。这是常事。但是说被送到医院。是回家路上发生车祸了吗？

比奈子想象挡风玻璃破裂的深蓝色轿车，但因为害怕没法想象车子里父亲的样子。

比奈子整理好行李下楼，铃木一家人都已经起来，担心地望着她。

“要不要我跟你一起去医院？”步美说。

“只有两个孩子去不行，我也去吧。”步美的母亲说。

“全是女人不放心，我也去。”步美的父亲说。

三人望着比奈子。一个人虽然很不安，但三更半夜一家人浩浩荡荡地跟着一起去医院也觉得不妥。

“这太蠢了吧。这种时候没关系的外人跟着一起去，只是添麻烦而已。”

弘树发话了。步美好像要反驳，但步美的母亲说：“也对。”

“医院有你家的人在等你。”步美的父亲也说。

“对不起，我们都乱了手脚，这样比奈子更慌了。”步美说。

比奈子摇头，喃喃说：“谢谢你们。”眼泪几乎掉了下来。

门铃响了。大家一起到玄关开门，穿着制服的女警站在门口。

“谢谢你们的照顾。”比奈子鞠躬，穿上鞋子。

“随时都可以发短信给我。”步美握着比奈子的手。比奈子也用力回握，然后离开了铃木家。

比奈子坐进警车后座。车子往前开，比奈子越过警察的后背问道：“我爸爸还好吗？”

“详细情况等到了医院会有人负责说明。”只有公事公办的回答。

父亲没事吗？母亲和慎司已经在医院了吗？有跟良幸大哥联络吗？但是住在关西的大哥就算立刻赶来也要天亮以后才能到吧。还是警察也会大老远跑去接他呢？

比奈子不知道家人出了意外，警察会特别跑到朋友家来接。打电话通知的也是警察。

妈妈一定慌得六神无主。让慎司打电话来就好了。不会是因为明天有模拟考而留在家里念书吧。

——我爸死了。（发送短信）

——我能帮什么忙尽管说。（收到短信）

——好像是我妈干的。但是我不清楚，因为他们不让我见爸爸也不能见妈妈，而且慎司下落不明。打电话给大哥没人接。我们家整个散掉了。我暂时先住在阿姨家等……天知道要等什么。总之，警察既然今晚要来为何不把话说清楚？我不知道自己该怎么办，该怎么做才好。真希望能有时间因为爸爸死了而痛哭一场。（删除）

*

上午十点——

在医院等到天亮，然后去警察局之后，比奈子跟阿姨田中晶子一起回晶子家。她家在从云雀之丘往海岸方向车程三十分钟左右的住宅区。晶子让比奈子坐在小车的前座，开车驶上公路，在接近住宅区时转入“新鲜斋藤超市”的停车场，晶子在超市前面停下。

“我在这里打工。我去一下办公室，你有什么想顺便买的东西吗？”

比奈子仍旧系着安全带，默默地摇头。

“想吃点什么吗？”

比奈子仍旧摇头。晶子拿了皮包下车，从顾客用的自动门进入超市。比奈子茫然地透过大窗望着店内。

客人只有几个。非假日的上午还有顾客，让比奈子稍微惊讶了一下。这些人都是干什么的呢？

母亲一向都在下午四点左右到云雀之丘公交车站牌前的“地平线超市”买东西。上小学的时候放学会跟慎司和妈妈一起去，妈妈会问：“晚饭想吃什么？”比奈子发觉自己抬起头来要回答时妈妈的脸总是朝向慎司之后，就避免跟他们一起去了。

这个时间来买东西的人，八成是没有想跟着一起来的小孩吧。

自动门的旁边贴着大海报。黄色的绘图纸上用红色马克笔手写着“鸡蛋一盒八十八日元”。

比奈子觉得这个价钱未免也太便宜了，但不知道地平线超市的鸡蛋平常是多少钱。

晶子说要去办公室，是要干什么呢？暂时请假吗？要是人家问为什么……我姐姐杀了她丈夫，不会这么回答吧？

咦？那个人……

比奈子的视线越过窗户，停留在一个面熟的人影上。她穿着红色围裙，替购物的老人把篮子从收银台提到窗边的柜台上。

还是她什么也不知道呢？

是住在对面的阿姨。在这种地方打工啊。对面人家发生了凶杀案，竟然还照常工作。要是我的话……对面的人家发生了凶杀案，当然也还是会去上学。没有理由请假。但是自己现在也没理由请假不是吗？警察说父亲的遗体目前还不允许接回。葬礼要等遗体接回来才能举行。

远藤真弓放下购物篮，瞥向停车场。比奈子往前弯腰低下头。为什么要躲起来呢？我分明没有做任何见不得人的事。

晶子提着装了鸡蛋的袋子回来。她上了车，瞥了低着头的比奈子一眼，默默地发动引擎。比奈子抬起头，真弓站在收银台后，茫然望着远方。

到了晶子家，比奈子在客厅坐下。虽然阿姨住得挺近，但这是五年来她第二次来。母亲和晶子的关系并没有不好。外祖父母不在了，跟亲戚的来往也就这种程度。

“总之先吃点东西吧。我想你一定很累很难受，但这种时候更应该跟平常一样过日子。只有我们两个人，吃方便面好吗？”

比奈子默默点头。虽然没有食欲，但反正没有其他事做，也不想睡觉。要接受异常的事实，或许该先做普通的事比较好，但是泡面对比奈子来说并非普通的事。

母亲的餐桌上从来没有快餐。一家人去拉面店吃过饭，但次数一只手都数得出来。比奈子上了中学，才跟家里全面禁止吃快餐的步美一起，趁爸妈都不在的时候第一次偷偷吃了方便面。

为什么禁止我们吃这么好吃的东西呢？两人吃得津津有味，约好下次想吃的时候再一起吃。从那时起大概三个月吃一次泡面，但袋装的方便面还是第一次。

“鸡蛋要怎么吃？”

晶子越过厨房柜台问。

“我一向都直接加进去，姐姐喜欢把蛋打好再加进去，比奈子也是吧？”

比奈子一瞬间心想，姐姐是谁啊？

“妈妈也吃方便面？”

“是以前。我们家爸妈都要去看店，所以假日中午姐姐都做饭给我吃，但是因为是小孩嘛，总是煮方便面。”

晶子把方便面放在比奈子面前，散发着味噌香味的汤上面漂浮着黄色的鸡蛋。晶子在对面坐下，两人一起合掌开动。

“好好吃。我也想在假日中午做这个。”

“姐姐都做什么给你们吃？”

“中午就做费功夫的菜。鱼和青菜比较多。什么 DHA 啦，柠檬酸啦，说吃了会变聪明。怪好笑的。”

“那是为比奈子和小慎着想……比奈子，家里情形怎么样？”

“很平常啊。”

比奈子说完塞了满嘴方便面。晶子叹了一口气也继续吃。两人吸着面条，比奈子正打算喝汤的时候，脑子里响起一个声音。

“那种东西竟然要喝完，真是难以置信。全部都是盐和脂肪啊。”

步美的母亲说的。在铃木家吃饭看电视的时候的事。搞笑艺人举起有名拉面店的汤碗，咕嘟咕嘟地把汤喝完了。步美的母亲感叹地这么说。但是弘树毫不在乎地说社团活动之后吃一碗超过瘾。步美的父亲也说拉面汤很好喝。

你们父子俩真是的，步美的母亲一边抱怨，一边说但是看起来真好喝。步美和比奈子听了都笑起来。

高桥家吃饭的时候不开电视。这里也没开电视。好像是外祖父母的规矩吧，比奈子本来这么想，但又改变了主意。进屋的时候晶子把购物袋放在桌上，伸手拿了遥控器，但是并没有打开电视，就拿着袋子走进厨房。

晶子在迟疑该不该开电视。电视上会报道我们家的事吧。

比奈子想起最近看见的凶杀案新闻。家里蹲的宅男刺杀了父亲。凶杀案的现场、被害人的照片、凶手的照片、邻居的证词。

我们家的话……住宅的影片、父亲的照片、母亲的照片、邻居……对面的阿姨一副没事人的样子在超市打工。晶子和真弓走得近吗？晶子知道超市打工的同事住在姐姐家对面，真弓知道超市打工的同事是高桥淳子的妹妹吗？

晶子放下筷子，往比奈子的杯子里加麦茶。

“哎，比奈子，随便什么小事都可以，跟我说说吧。姐夫是不是打姐姐啊……”

“爸爸才不会做那种事！他对大家都很好。”比奈子不由得大声起来，但是晶子并不却步。

“说不定是在孩子们看不到的时候吵架。”

“才没有。我从来没听过爸爸大声说话。”

“那怎么会发生这种事？警察什么也不肯说，知道情况的只有比奈子了。对了，小慎！是因为小慎起了争执吧？他明年要考高中了，姐夫想让小慎去上医科出名的学校，对他施加压力，姐姐袒护小慎所以吵架之类的。”

“爸爸才没这样期待慎司。他总是跟慎司和我说你们做自己喜欢的事就好。什么都可以，总之没有梦想是不行的。他说会全力帮助我们实现梦想。”

“不就是这个吗？跟现在的小孩说要有梦想，会让他们觉得有很大的压力不是吗？”

“够了。阿姨这么想让爸爸当坏人吗？”

“不是的。我是没办法相信姐姐会杀人。她不是会吵架的人，更别提吵架会动手了。我觉得一定是发生了什么事。我们的爸妈已经不在了，只有姐妹两人。站在姐姐这边的只有我们了啊。”

这是凶手亲人的想法。要是母亲打死陌生的中年男子，比奈子应该也会替母亲想出动机来辩护，像是遭到袭击，被胁迫了，等等。

但被害者是比奈子的父亲，她没法跟晶子有同样的想法。倒不如说随着情绪慢慢冷静下来，对母亲的憎恨反而慢慢膨胀。

“比奈子很喜欢爸爸吧，长得也像，气质也像。那么要说是小慎殴打了你爸爸的话，你有想起什么吗？”

“……不知道。”比奈子喃喃说。

她现在仍旧没法跟晶子一样想尽快得知真相，但也并没有心乱到不明白警察问她的问题是什么意思。然而从听到凶手是母亲的那一刻起，她心里就对慎司产生了怀疑。

“你是为了不妨碍慎司念书才到朋友家去住的吧？姐夫可能嘴上说小慎将来想做什么都可以，小慎一定觉得虽然这样，爸爸还是希望他去上医学院，所以把自己逼得很紧。他今天要考什么科目？”

“数学和理科。”

“看吧，果然是理科的项目。他心里一定想考医学院的。姐夫跟他说要加油，可能造成了反效果。姐姐一定袒护慎司。做妈妈的自然是这样，从姐姐的性格来看也是理所当然的。更何况小慎失踪了，这不是最好的证据吗？”

晶子加重语气说出“失踪”两字，站起来把自己的空面碗叠在比奈子的碗上，然后顺手拿起遥控器，打开电视。

两人战战兢兢地望向屏幕。屏幕上的画面伴随着轻快的音乐，映出番茄酱汁煮鸡肉和时令蔬菜的料理。

那是母亲的拿手好菜，比奈子很喜欢。

——比奈子，你还好吗？要是有我能帮上忙的地方尽管说。（收到短信）

——谢谢。我现在在阿姨家。吃了方便面就有精神了。蛋花味噌拉面，超好吃的！（发送短信）

晚上九点二十分——

比奈子洗完澡，正要回到二楼的客房，心想应该去说一下自己要上楼了，便走向客厅。

她把手放在门把上的时候听到姨丈的声音。

姨丈在食品公司上班，晚饭前回到家，三个人一起用餐。他跟比奈子说你辛苦了，但完全不提案子的事，只说公司的坏话，逗比奈子和晶子笑。他当然不可能不知道，应该是顾虑比奈子的心情。因此无聊的中年男子的冷笑话使比奈子也笑了。但是——

“电视上果然报道了。这不是大姨子家吗？虽然有打马赛克，那只是意思意思而已，一看就知道了。那是附近有名的高级住宅区啊。”

比奈子没法开门，但能想象电视上自己家的画面。她觉得反胃，好像有人用手在身体中翻搅一样。拜托不要弄脏啊。

比奈子家是复古的西洋建筑，但随着成长，她却感觉越来越时髦。父亲曾经在选择要当建筑师还是医生之间徘徊，房子是他和认识的建筑师一起设计建造的。

要是有另外一个自己的话，绝对要当建筑师。

比奈子听到父亲这么说是在要上高中的时候。比奈子上的私立女校系统可以直升大学，却没有建筑系。高一结束时提交的升学志愿表上，比奈子圈选了外考。她并不讨厌理科。

“喂喂，这不是我们结婚时候的照片吗？真是，是谁提供的啊？真过分。”

“天晓得。但是一定是我们认识的人。”

“那孩子要在我们家待到什么时候？”

“我想暂时由我们照顾她。”

“饶了我吧。高桥先生那边的亲戚不能想点办法吗？”

“好像没有方便上学的地方，就算暂时不上学的期间去住，应该也不太好受吧？他们的亲人被杀了，可能会恨姐姐，把气出在比奈子身上。真是可怜。”

“我们家是凶手的亲人，所以没关系是吗？”

“你怎么这么说……你也不是不清楚姐姐的为人。她不会杀人的。”

“我没和她有那么多的交流，只觉得她好像不喜欢跟穷人往来。我和小慎聊篮球的时候，她也一副我们的对话没水平的表情。”

“我觉得打了姐夫的是小慎。”

“我也这么想过。真要选择的话，不如是小慎。还没找到他吗？”

“联络不上，但只是时间的问题吧。所以就算姐姐包庇小慎，只要找到他，嫌疑也就洗清了。要是小慎做的，那就是姐夫和小慎之间的问题了。说不定姐姐也是受害者。”

“但是她的名字都被公布了啊。就算姓氏不一样，以前认识的人一定马上就认得出来吧？幸好这里不是他们的活动范围，但那孩子既然来了也就没区别了。”

“那要怎么办才好呢？”

“反正现在是重要时期，不要再进一步扯上关系了。”

比奈子蹑手蹑脚地离开门边，眼泪都掉不下来。

不想扯上关系是理所当然的。但我要怎么办呢？既不是凶手，也不是被害人，更不在案发现场。但不能说自己是被卷入的，因为是我的家人。

警察问我昨天晚上的事情，我说在步美家。本来警察特地到步美家来接人，就是要确认我的确住在那里吧。之后或许还会去步美家问话。

步美和她的家人会觉得被卷入这件案子了吗？会觉得不想再进一步扯上关系吗？

明天班主任要到这里来拜访，学校方面也觉得卷入麻烦事了吗？

——步美，给你添了不少麻烦，真对不起。（发送短信）

——打了好多次电话给你都没人接，所以发短信。警察已经跟你联络过了吗？

我虽然住在晶子阿姨家，但是实在太难过了。姨丈不想让人知道自己的亲戚是杀人犯，想把我赶走。这也是理所当然的事。要是我是这家的孩子，也会赞成姨丈的。

晶子阿姨一直设法说妈妈不是凶手，是正当防卫什么的。甚至还说凶手是慎司。对阿姨来说慎司是凶手比较好。跟姐姐是杀人犯相比，外甥是杀人犯至少隔得比较远。

这么说来凶手是慎司是否对我而言也比较好呢？虽然都是亲人，都遗传了妈妈的血统，我和慎司只不过刚好是同父母生的吧？因为要是原料有问题，身为成品的我可能也会有缺陷。要是成品有问题，那可以当作刚好有不良品而已。

这样的话大哥是不是宁愿妈妈是凶手呢？

但是别人不会想得这么复杂吧？

家人就是家人。既然如此，我们又没犯着别人，为何要特地公告周知？就不要宣扬不行吗？为什么非得要把我们家发生的事情告诉根本不认识我们的人呢？完全不顾虑我和大哥的立场。

慎司说不定是因为害怕这样才逃走的，因为他是个单纯的孩子。钱包和手机都没带，到底上哪儿去了呢？

总之，我不想在这里待到惹人厌，所以明天就回家。可能的话希望大哥也回来。（发送短信）

*

下午一点——

晶子把小车停在后门。S私立女校高中部离云雀之丘步行二十分钟。比奈子下了车，跟晶子说事情办完就联络，然后关上车门。比奈子跟晶子说班主任叫她去，跟班主任说阿姨让她来，所以就来学校了。

班主任大西祐美子好像在旁边窥伺般从后门的阴影里走出来。比奈子用手势制止晶子下车，班主任急急打过招呼，就推着比奈子进入学校。

现在是第五节课上课时间，走廊上不会有同学。大学刚毕业的班主任平常跟自己的学生都像朋友般亲密相处，但今天连一次都没有跟比奈子对视过。

比奈子沉默地望着快步走在前面的班主任的后背，心中思绪翻腾。

他们会怎样看待我呢？是凶杀案被害者的家人，还是凶手的家人？

八成是凶手的家人。这位年轻的女老师要是只把她当成父亲被杀害的孩子，看见比奈子就会流着眼泪拥抱她吧。

“比奈子，打起精神来。”“我们都站在你这边。”等等。

比奈子被带进教职员办公室旁边的升学指导室。坐在里面的教务主任站起身来，直接走向比奈子。

“请节哀。突然发生了这种惨事，你一定很难过，但还是要慢慢让心情稳定下来。”教务主任望着比奈子这么说，把手放在她背后，领她坐在沙发上。对面还坐着另外两位老师，但比奈子把身子转向教务主任，迎向她的视线。

直系亲属亡故的情况适用五日丧假。听他们这么说，比奈子觉得父亲好像是生病去世一样。丧假结束之后立刻就开始期末考试，然后就放暑假了。漫长的暑假结束后，能跟什么事都没发生一样继续过着学校生活吗？

“我会被退学吗？”

“不会的。这次的事件学校方面担心的是高桥同学会变成二次受害者。我们会全力支援你，让你能过着跟以前一样的学校生活。”

“还有一年半。没有决定直升这里的大学真是太好了……”

打算进工学部成为建筑师的事，比奈子没有跟任何人说过。只有选择外考这件事班主任跟母亲说了。母亲说好不容易考上了可以直升到大学的学校，何必自找罪受，就选大学里有的科系就好了。但是为了实现梦想的考试，比奈子一点也不觉得辛苦。

在模拟考的志愿栏里填上有名大学的建筑系，然后若无其事地把成绩给父亲看。他是会惊讶，还是高兴呢？

但是父亲已经不在了。那是否应该为了亡父……

发生了这种事还能升学吗？不止升学，就业、结婚，此后能过着普通人的生活吗？到没人认识的地方去，隐身人群之中是不是就好了呢？能抬头挺胸说我什么都没做，堂堂正正地活下去吗？

……这不就跟晶子和班主任一样了吗？不是在乎别人怎么评

断，而是自己充满了身为凶手亲属的意识。

“大西老师也说几句话吧。”教务主任敦促道。

班主任抬起头，但是视线却在比奈子旁边摆满参考书的书架周围徘徊：“你现在一定还很混乱，好好休息是很重要的。班上的同学也都担心你，要是我能帮上什么忙就跟我说，也可以发短信。”

这是社会上一般人的标准反应吧。

比奈子隔着衣服握住口袋里的手机。

——老师，我的好朋友步美没回我短信，是不是因为看见了新闻报道。我分明有很多朋友，但没有任何人发短信给我。（删除）

下午两点半——

教务主任和班主任在第六节课结束前送比奈子离开了学校。她沿着公路往前走，突然停下脚步，望着映在街旁商店橱窗上的身影。

这样驼着背简直就跟对面人家的那个女孩子一样。

比奈子发现越接近云雀之丘，自己的心脏就跳得越厉害。电视台和杂志记者是不是躲在哪里监视？擦身而过的路人是不是都在看我？杀人犯的女儿走在街上，大家是不是打算扔石头啊？但是比奈子并没有感觉到视线。举目四顾也并没有人在看她。或许事情闹得没有她想象中那么大。

我没有做什么见不得人的事。比奈子自觉地抬头挺胸，直直往前走。走上坡道就是云雀之丘了，在那之前先去便利店。

微笑超市云雀之丘分店。

“啊，比奈子姐姐。”

比奈子走到放泡面的架子前，旁边有人叫她，是远藤彩花。

“你好。”比奈子回了一句，把视线转回架子上，但彩花并没有走开。

“最近很辛苦吧。你来买东西吗？”彩花瞥向比奈子购物篮里宝特瓶装的茶和零食。

平时跟彩花打招呼，她总是好像不好意思般垂下眼睑，快速离开，今天却一副跟比奈子很熟的样子。

“泡面的话我推荐这个，味噌豚骨口味的。”彩花朝架子伸出手，又靠近了些。然后——

“这里不太妙。”彩花压低声音说，“你是来探听消息的？”

比奈子本来想不理她径自离开，但这句出乎意料的话让她停下脚步。

“探听什么？”

“你不知道吗？对了，那个时候你不在家。警察没跟你说吗？高少……慎司同学案发当时在这里，然后就行踪不明了。我妈妈好像在这里碰到他了，被警察盘问了半天呢。”彩花一边四下张望，一边用严肃的语气说着，却好像乐在其中。比奈子虽然觉得不高兴，但现在不是计较这种事的时候。

慎司在便利店碰到了彩花的母亲？

慎司在案发当时不在家。他跟妈妈说要到外面走走散散心。在那期间妈妈和爸爸在一楼的客厅发生争执，妈妈拿起架子上的奖杯打了爸爸的后脑。慎司就此行踪不明。

比奈子从警察那里听到的就只有这些，也只知道这些。

“要不要到哪里去聊聊？”

刚才比奈子还毫不介意监视器和店员的视线，现在却觉得好像大家都在看她。

“真没办法，马上就要期末考了啊。”彩花摆出困扰的表情皱起脸来。

比奈子忍着没回她说反正你根本不念书。

比奈子带着彩花穿越公路，沿着云雀之丘反方向的坡道往下走，进入卡拉OK店的小包间。

“比奈子姐姐也唱卡拉OK啊！真意外。要不要唱一首？”

彩花兴奋地环顾室内。她可能是第一次来。难道没有朋友吗？

在来这里的路上，比奈子问她今天学校早放学吗？她说有点发烧所以早退了。完全看不出来。比奈子说要请客，她立刻不客气地点了可乐和大份薯条。

比奈子是想问彩花事情的缘由才邀请她的，但要跟她一起待到眼前的大份薯条吃完实在令人受不了。她打算问了必要的事情之后就立刻结束。

“那天晚上发生了什么奇怪的事情吗？”

“是说怎样奇怪的事？”彩花好像装傻般转向她。

“吵架的声音啦，其他的声音之类的。”

“没有什么特别的啊。那种声音我们家听得见吗？”

夸张地装死。

“一向都听得清清楚楚的不是吗？”

“是说我们家的声音？”彩花鼓起面颊瞪着比奈子。

“不知道是哪一家的就是了。”

“……真不像你。”彩花故意扑哧笑出声来，用手拍着桌面。

“真的，讨厌啦。我一直觉得比奈子姐姐是聪明的大小姐，很尊敬你的。真令人失望。那种声音就算听见了不是都会假装没听见吗？”

彩花的笑声突然停止。

“对不起。但是无论怎样的小事都可以，希望你告诉我。”

“真没办法。我不想再进一步扯上关系，所以不要跟警察说。”彩花把食指竖在嘴唇前面。

“我知道。”

“应该是在十点左右吧，因为电视在播《爆笑王国》。你看搞笑节目吗？我根本没注意到，我妈突然跑到我房间打开窗户，然后就听到声音了。救命啊，饶了我啊，还有啊啊哦哦的叫声。”

彩花眯起小眼睛，望着阴暗的天花板。

“谁的声音？”

“你不知道吗？”彩花咧嘴一笑，喝了一口可乐，转过头来。

“‘救命啊’是比奈子姐姐的妈妈，‘哦呜’是慎司同学，好像还有东西撞到墙壁那种‘咚’的声音。大概是这样。”彩花开玩笑似的一摊手。

“怎么没有去看看，或者报警呢？你母亲不是也在家吗？”

“不要这样好不好？”彩花忽地大声叹气。

“你这样就没人肯说实话了。比奈子姐姐，你听到我家的声音时有这么做过吗？”彩花翻着白眼睨着她。

“这个嘛……”

“是吧？这样说太狡猾了。但要是会有人去看的话，应该是小金包吧。啊，就是小岛太太。十一点左右我去洗澡的时候已经安静下来了，她可能去过。然后我妈去便利店是十二点过后，已经过了一段时间，可能完全不相关。死亡时刻推定是几点？要是送到医院之后确认死亡，那什么时候死的就不知道了。”彩花仿佛故意歪着头。

“不知道到底怎样。”

“家属反而不清楚吧。对了，比奈子姐姐当时在家吗？”彩花两眼发光地望着她。

“不在。”

“就是嘛。现在在家的话会被人盯上哟。昨天媒体的采访车把云雀之丘挤得水泄不通。比奈子姐姐可能会像明星一样被团团围住。”

彩花喝完可乐，用沾上杯子外的水汽的手指拂过头发。

“我怕一个不小心会被拍到，所以先去便利店整理一下仪容再回家。我头发没乱吧？对了，纪念我们一起来卡拉OK，照张相吧。”彩花从口袋里掏出手机打开，逼近比奈子的脸。

“别开玩笑了。”

“哎哟，不要生气嘛。好吧，现在你比较辛苦，我就不跟你计较了。你要是对朋友也这种态度，人家会被吓跑的。”彩花带着优越的微笑把手机收进口袋里。

“好无聊，我先回家了。薯条你吃吧。看菜单上的照片好像很好吃所以就点了，其实我现在正在减肥。比奈子姐姐真好，不用担心这个。啊，反正现在也不是担心体重的时候。”彩花哧哧笑着站起来，在比奈子面前拂拭裙子上的灰尘。

“打起精神，加油。”彩花竖起食指和中指，举到额前敬礼，然后转身离开。

要不要拿薯条连盘子砸她呢？

在彩花的身影消失前，比奈子一直紧咬牙关，双手在膝上紧握成拳。

动不动就抓狂，又笨又不起眼的中学生。但是在家门前碰到打招呼的时候并不会感觉讨厌。那一定是因为以前自己自信满满，可能还有点同情她的意味在内。

自己竟然因为彩花这种装模作样的低级举动生气，真是情何以堪！比奈子想哭叫出声，但她觉得如果这样的话，似乎就无法应付从现在起可能会发生的一切了。

不能像那个女孩一样大哭大叫。

至少消息打探到了。十点左右母亲和慎司不知怎的发生了争执，十一点左右已经结束，以及现在云雀之丘的状况。比奈子脑中浮现一个疑问。

父亲什么时候下班回家的呢？

没法回云雀之丘的家了，也不想回晶子家。

比奈子打开钱包，八千日元。不够买新干线的车票，但巴士的话应该差不多够吧。

——大哥，我现在去你那里。（发送短信）

【七月三日（星期三）晚上九点—七月五日（星期五）下午四点】

小岛聪子 I

里奈，你好啊。在做什么？睡觉？唉呀，你们那边是几点啊？半夜两点？哎哟哎哟，对不起。但是我们这里发生了大事呢。等等，不用叫阿真。他明天也要上班吧，得让他好好睡觉。我跟你说就可以了。

对了，你们那边的电视看得到日本的新闻吗？啊，这样啊。除非是大事否则不会报呢。最近播些什么？大臣辞职？凶杀案呢？有一阵子没看过了啊。只播些无聊的新闻，没有重大事件。

我们这里发生了凶杀案。就在云雀之丘，我们家斜对面。你记得吗？那栋很时髦的房子。对了，你不是还很羡慕地看着他们家吗？就是那里。难以置信吧？我也是。本来以为会发生什么事的话应该是隔壁人家。真是大吃一惊。对，就是那间小屋的人家。老是跟我们家的别栋搞混，好讨厌的。问是令公子一家的房子吗？才没这种事。我怎么会让阿真住在那种房子里？而且我们家虽然从外面看不出来，里面可是完全两代同堂的设计呢。

哎？凶杀案？对了，我要说的是那个……

那天晚上好奇怪。一开始是七点半的时候，隔壁传来大喊大叫的声音，但那是家常便饭。

我早就注意到隔壁的动静了。我吹不得冷气，所以就算天气很热，还是开窗让纱窗透风，一边看电视……你们那边看得到连续剧吗？知不知道有一部叫作《欢迎来到美男部》？内容没什么，就是可爱的男孩们替心灵受伤的同学解决烦恼的故事。里面有一个叫作高木俊介的男孩子很不错的。不知道？对了，看不到电视，只要上网搜索就可以了。他又帅又有礼貌，有点像中学时代的阿真。斜对面人家的男孩子更像俊介哟。

他叫作慎司，现在下落不明。啊，我的话跳得太快了。

先说隔壁。我在看连续剧，听到“少啰唆，死老太婆”的叫声。我心想什么事啊，就望向窗外，又听到声音，是隔壁的女儿彩花。她看起来不苟言笑又很文静，一开始我都不相信。她叫什么“反正我就没考上”“老是说私立烦死人啦”，我想大概是考试的事情吧……阿真从来没有过这种时期，别人家会这样我也装作不知道。

所以那天晚上我也装作没听见……对了，我在看益智猜谜节目。俊介有参加，轻松地回答了很多难题，真是太厉害了。说他在上 W 高中呢。你也知道吧，阿真的大学同学很多人是那里毕业的。很优秀的高中。虽然隔壁又在吵，但我想把俊介的部分看完，就跟往常一样不予理会。但是那天彩花的声音比平常要歇斯底里。我心想没事吧，觉得有点不安，但是也不能随便就去看。爸爸偏偏就在那天要上每星期一次的班。报警又太夸张了。然后我想起来刚好有人家送的巧克力，手工教室的朋友去法国带回来的礼物。大老远跑到法国去，还买百货公司地下街就有卖的巧克力不是有点那个什么，但这样刚好。

对了里奈啊，上次我寄去的小包你有用吗？那是我的得意之作。很好用吧。颜色你喜欢吗？因为要送给你所以特别缝了很多亮片。

不行，我又离题了。益智节目结束后，我就拿着巧克力，鼓起勇气到隔壁去。他们家太太应的门，露出非常为难的表情望着我，好像是要问我来干吗啊？我是担心他们才过去的，真是没礼貌。我很认真地愿意给她管教小孩方面的建议呢。她竟然说什么是因为有蟑螂，就把我赶回去了。蟑螂，真恐怖。听到这么低级的话，觉得送她巧克力真是亏大了。

这种事还是忘掉最好，所以我就去洗澡睡觉了。

然后十点多的时候，又听到声音。我以为隔壁又开始吵架了，但是有点不一样，是男生的声音。这附近的男孩子只有慎司一个人，没想到他会发出那种声音，啊啊哦哦地大叫，好像狼嗥一样。同时还夹杂着女人的声音说“住手啊”“救命啊”。他们家的话就是慎司的妈妈和姐姐了。因为声音不年轻，所以知道是他妈妈，但平常也不是会这样喊叫的人。虽然看起来很高雅，但总觉得有点像是在演戏，我以为她终于露出真面目了。这种事情我很清楚的。就算结婚前几个月开始上礼仪课程，高尚的举止也不是能一蹴而就的。啊，不要误会，我不是在说里奈你。但是我想那个人应该很努力，孩子们也都非常上进。男主人的教育一定非常成功。

听到高桥先生家传出那种声音是第一次，我烦恼着是要报警还是过去看看。但是已经没有巧克力了，我也不想再看到人家用嫌烦的脸对着我，所以就忍着了。他们吵了很久，一直大呼小叫，但是又不知道到底是为什么。

我忍无可忍时，突然听到一个声音说："够了没有！"是他们家男主人的声音。原来他在家啊，我吓了一跳。为什么不早点阻止呢？他喝了一声，就安静下来了。我想这下终于可以睡觉了。但是一个晚上听到两家人吵架，上了床有点兴奋过度睡不着。没办法只好起来做手工教室的功课。这个月是购物袋，用亮片缀出蝴蝶的图样。很有点难度吧。做好了我再寄给你。对了，我正做得起劲的时候，听到了救护车的声音。

我心想是哪家啊？救护车的声音在家门外停了，吓了我一大跳。我急忙出去看。车子停在斜对面高桥家门口。当时我以为一定是发生了意外或是急病。但是警车也来了，真有点奇怪。救护车离开以后，我问警察发生了什么事啊？警察竟然说请你后退，什么也不跟我说。分明是我对面的邻居啊。第二天采访车就来了，一副出了大事的样子。然后晚上看见新闻真吓到了。

高桥家的男主人遭殴打致死。犯人是高桥太太，她自首了，说跟丈夫发生了争执。总之是凶杀案，被害人是男主人，凶手是女主人。孩子们当时不在家。姐姐去朋友家过夜，慎司好像刚好出门去便利店。你不觉得有点奇怪吗？我是说慎司，刚好在案发的时候不在家；而且说是出去买东西，但是钱包和手机都放在家里呢；还有现在他失踪了，下落不明。这些是电视台的记者说的。警察只会问我们话，电视台的人就肯交换情报。

我提供的情报？没什么。案发当晚高桥家和隔壁的远藤家都好像发生了亲子争执。

远藤家是常有的事，但高桥家可是第一次，所以出事的是高桥家很让人惊讶。大概就这样。

还有一件事我也顺便说了。上星期早上，我在可燃垃圾堆里发现一个装着篮球、球鞋和制服的袋子。我跟出门上学的慎司说了不可以随便乱丢，他就急忙把垃圾袋拿回家了。

我最近跟高桥家人的接触就只有这样而已。本来邻居应该互相帮忙的，但现在年轻人的人际关系就是这样吧。

话说回来，慎司上哪儿去了呢？他是走在街上都会引人注目的孩子，真的很像俊介。你要不要去那个叫什么 YouTube 的上搜索看看？这件案子我也不该管太多就是了，管闲事是很没品的，那是叫八卦吧？我最讨厌那样的人了。好了，就这件事，你跟阿真说说。但是不要误会啊。

我可没说我们两老独居很不安，希望你们回来。

第三章　远藤家

上午八点——

这条坡道就是偏差值[1]的具体表现。下坡去上学的远藤彩花每天早上都这么想。

从云雀之丘沿着坡道往上走十五分钟就是私立K中学，高桥慎司上的男校。K中的学生，有九五成都能考取名校N高中。N高中的东大录取率全县最高。那是离家最近的学校。对彩花而言就像别的世界，即便彩花是男生也一样。

从云雀之丘下坡到第一个十字路口右转走十分钟左右，就是私立S女校。母亲希望自己上的学校。高桥比奈子上的学校。贵族大小姐的名校，能够一路直升到大学或短大，而且制服很可爱。但彩花跟这里也没有缘分。

彩花跟别的世界的制服和可爱的制服擦身而过，继续走下坡。

[1] 偏差值是日本计算学力的公式值，也就是将个人分数与团体平均分数之间的差距用数值来表示。偏差值越高表示学力越高。

市立 A 中学位于平地。

彩花上的学校从云雀之丘徒步三十分钟就到了。那里并不是放牛班的集团。很多优秀的孩子都上离家近又不花钱的公立学校。成绩虽然没有明确公布名次，但彩花认为同年级两百人中自己应该是三十名左右吧。绝对不差，老师和学校的设备也不差，水手服的制服也不讨厌。即便如此，每天去上学的时候总觉得好像要下到地狱最底层一样。就算到了学校，仍旧觉得脚下好像继续往更深的地方倾斜。如果把球放在地上估计会滚动吧。教室、走廊和操场，看起来都微妙地倾斜。

这全是坡道的错。要是住在学校附近的平地，直直往前走就到学校的话，景色应该就不会改变的。

沿着坡道往下走，就觉得像是走向废材的世界。这个社会上存在着明确的阶级区分，跟自己没法穿的高阶制服擦身而过，就感觉到好像身上的皮渐渐擦破一般的痛楚。即便如此，放学后上坡的路上也并没感觉到渐渐浮现的优越感，只是一边想着明天的痛楚，一边消耗体力而已。

越往上坡就越高的不只是偏差值，地价也越来越高。彩花额上浮现汗珠，沿着坡道走向云雀之丘，她实在搞不懂为什么在高地的住宅区却要更贵。不只是上下学，就算是去个便利店也麻烦得要命，根本想不出有什么好处。高高在上地俯瞰底下人的生活，是这种感觉值钱吗？但是大白天俯瞰底下的景色又不能怎样，只觉得每天得走到那里累得要命。

从沿海的高楼大厦眺望景色绝对比这好上不知多少倍。夜景是稍微漂亮点，但也没法子每天都因此感动。

“喂，彩花，你家住在 K 中五号同学对面不是吗？”

走进教室志保就迎上来，她是篮球社的同学。

A 中学除了身体不好的学生之外，其他人都半强迫必须进入运动社团。彩花入学的时候就加入篮球社。并不是她想打篮球，只有三个选择，除了篮球之外就是排球和网球。小学也有排球社和网球社，所以加入的时候没有新手和熟手之间差异的就只有篮球社了。

但是彩花不但矮，也没有运动神经，跟其他同学的差异没用几个月就很明显了。

正式队员和候补，这种关系在社团活动时间之外也适用。班上的女生小圈子几乎都是按照社团分的，其中还分正式派和候补派。班上的主导权都握在正式派手里。

要是以成绩来分的话，还不至于这么丢脸，一、二年级的时候彩花一直觉得很愤愤不平，但社团活动也没剩下多久了。每个社团都参加暑假第一个星期举行的县立运动大会初选，要是输了就不能参加八月中的县立运动大会，三年级生就全体退出。

正式社员不管多努力，还是赢不过私立的强校，所以七月一定要退社。在那之后教室里的气氛也会转为准备考试模式，彩花私心期待主导权或许也会转而由成绩决定。

虽然是同一个社团，正式派的志保和候补派的彩花几乎不曾在教室里交谈。当然她应该也不知道彩花住在云雀之丘。

K 中五号同学，指的是 K 中篮球社背号五号的队员慎司。

“你怎么知道？”

“我前一阵子去过啊。”

“去我家吗？”

“不是，五号同学的家。他上星期不是没来参加比赛吗？我担心他是不是受伤了，所以去他家慰问一下。”

慎司入学之后就加入篮球社，一年级下学期就成为正式队员在球场上活跃。但是志保开始在比赛时闹着说K中五号同学好帅，是去年秋天高木俊介出道之后。志保的东西全部都是跟俊介有关的。每次换手机的待机画面都要炫耀说这个很棒吧，是粉丝俱乐部的会员才能下载的。

然后志保在球赛会场上看见了慎司。A中对K中的男子篮球赛。一开始是说那个人的侧面有点像俊介，等比赛结束的时候，就变成五号同学好帅。从那时开始志保就追着慎司跑。

在那之前完全没感觉，只不过跟喜欢的偶像明星有一点像，就能迷到这个地步吗？

应该是能吧。俊介是社团所有女生的话题，彩花也为了迎合大家看了俊介演出的节目，但喜欢上俊介是因为母亲的一句话。

“哎，这个孩子，是不是有点像对面的慎司啊？”

“俊介跟高少像？你去配老花镜吧。”

虽然在母亲面前一口否定，仔细看去侧面和眼角的确非常像。从那时起彩花就搜集刊登俊介报道的杂志，录下有他的电视节目。

搬到云雀之丘的第二天，跟爸妈一起到高桥家打招呼时，慎司在院子里练习篮球。从那时起彩花就一直觉得他很帅。

“你们同岁呢。要好好相处哟。”

淳子这么说就让彩花心跳不已。一边看着青梅竹马的恋爱漫画，一边用自己和慎司取代主角，对此后的生活充满兴奋期待。

但是过了不知多少天，不仅完全没有脸红心跳的情境，跟慎司连话都说不上两句。偶尔碰到的时候，彩花觉得没法跟穿着别的世界制服的慎司打招呼。不想随便说话让他觉得自己是傻瓜。只要能看见慎司，就觉得今天运气真好，心情甚佳。能够每天满心不愿意咬牙上坡，也是因为期待或许能在家门前碰到慎司。真想一直一直看着慎司……

母亲那时的一句话让俊介和慎司的身影重叠了。

要得到慎司的照片很难，俊介的照片则很简单。没法一直盯着慎司看，录下来的俊介画面可以一看再看。没法跟任何人说喜欢慎司，俊介的话就连对最不想沟通的母亲也能说。

无论如何都想入手的俊介海报也能让母亲拍下来。俊介背对着镜头，转过脸笑的样子非常像慎司。暑假的演唱会票也订好了。

所以彩花也不是不了解志保的心情，但像追偶像明星一样追着慎司就很讨人厌了。

在球赛的时候堂而皇之地照慎司的照片，比赛结束一边跟他说辛苦了，一边递给他冰凉的运动饮料。这都是彩花憧憬的情境。分明自己和慎司比较近。不，就是因为太近了，反而什么也没法做。

每次听到志保说“五号同学”，彩花就觉得身体里有某种黑暗蠢动的东西在累积。

然后上星期志保终于替慎司烤了蛋糕，跟所有女子队员宣布说比赛之后要拿去告白。

“跟俊介很像的男朋友，真的可以拿来炫耀呢。”

这句话让彩花打心里恼火。她不是喜欢慎司，是自私想利用他吧。喜欢俊介的话，去跟俊介告白不就得了吗？！

但是彩花没有勇气当面反驳正式队员志保的话，只能恨恨地瞪着她的背影。开幕式的时候彩花的视线也无法离开志保，稍微不见她的踪影就吓得要命，但彩花的不安是杞人忧天。慎司没有来参加比赛。到底是怎么了，是不是发烧了？彩花很担心，但至少志保没法告白，让人松了一口气。

然而志保似乎并没放弃。她向现在在上 K 中学的小学同学问了慎司家的地址。

“他跟我说就找云雀之丘最小的房子，所以我就去了。”

被人捅了一刀就是这样的感觉吗？彩花觉得眼前一黑，但即便如此，志保高亢的声音也不放过她。

志保似乎是一个人去了云雀之丘，花了三十分钟在住宅区里找最小的房子，然后按了门铃。

“应门的人很面熟，一看是彩花的妈妈，吓了我一跳。”

母亲曾多次开着小车送她来球赛场地。分明闭嘴待在车里就好了，看见穿着 A 中制服的学生还要特地下车来，跟人家说谢谢你们照顾我家彩花啊，就因为这样大家几乎都认识彩花的母亲。“跟彩花一模一样呢”“想到彩花二十年以后就是这样好有趣呢”“在新鲜斋藤超市的收银台算账，还以为是彩花在打工。啊——真合适”这样的话说个不停。

就算不是能上得了台面的母亲也不要紧，至少不要在同学面前出丑。

志保转向咬牙忍耐的彩花，咯咯地笑起来：“我说搞错了，然后打电话给告诉我地方的同学，他说是对面啦。”

志保继续捧腹大笑。

“因为是远藤这种常见的名字，我根本没想到是彩花。我不知道五号同学的名字。他叫作高桥慎司吧。早点确认就好了。结果真的站在他家门口时，却什么也做不出来就回家了。但那样应该比较好，因为……嗯，彩花住在他们家对面，也够辛苦了吧。”

志保啪啪地拍了彩花的肩膀两下，回到自己座位上。彩花两手紧抱着书包坐下。今天才刚开始啊。彩花不由得叹气。有好几个人围着志保，却没有人接近彩花。虽然有一起吃便当的朋友，但他们都不想和被志保取笑的彩花扯上关系，只偷偷摸摸地往这里看。无所谓，黏得紧紧的朋友我才不想要呢。

咦？装出惊讶的样子拿出手机看。没有人发短信来。打开收件箱，看着跟以前朋友往返的短信。

——上了中学要一起去逛街唱卡拉 OK 啊！

——搬家了也还是朋友。

——上了 S 女校也不要忘记我们啊。

每一则短信都是快三年前的了。

脚下的地板倾斜得更厉害了。彩花起了书桌都要倾倒的错觉，反胃得想吐。要是在教室里吐出来，就算退了社团，不管成绩怎么好，都没办法逆转现在的立场了。

彩花摇摇晃晃地站起来走出教室。走廊也倾斜得厉害。

到底为什么会变成这样呢？

上午十点——

真弓到“新鲜斋藤超市”上早班，在晨会上听到店长说晶子从今天开始暂时请假，好像是因为身体不好。在招募到新的打工人员之前，大家要连晶子的份一起加油。原来有这么严重，真弓不由得担心起来。

她虽然跟晶子年龄有点差距，但在这里是最合得来的。两人之所以来打工，都是因为家里房子的贷款，一边一起抱怨，一边聊着房子。她们热衷于聊装修和园艺，两人都避开金钱和地点之类的话题，不干涉别人隐私这点让真弓很有好感。

真弓虽然以为她得了重病，其他打工人员却提出了“晶子有喜说”。这么说来的确听她说过想要孩子。她说姐姐有两个小孩。

“真是‘两个孩子恰恰好’：第一胎是女儿，第二胎是儿子。孩子们非常可爱。电视和杂志上都把育儿讲得对精神和经济都有很大的负担对不对？我结婚的时候也很不安，但是看见姐姐的孩子们就觉得养小孩也不错，而且姐姐和她先生前妻的儿子也处得很好。你不觉得这样就一点也不可怕了吗？真弓也有个女儿吧，真令人羡慕。”

听到人家说羡慕，脑中响起彩花吼叫的声音。要是看见我家小孩的抓狂表演，晶子还会想要小孩吗？

“她任性得要命，我被她牵着鼻子走。暑假还得跟她一起去听高木俊介的演唱会呢。”

“不是很好吗？我也喜欢俊介。母女一起去听演唱会真好。毕竟还是女儿好吧。”

虽然是勉强炫耀，但有愿意倾听的对象就让人觉得好像真的很幸福。真要感谢俊介。

要是晶子真的有喜了，那身体不适是孕吐很严重吗？晚点发个短信，要是能过去的话就去探望一下吧。她一定连出门购物都没办法，从这里给她买或许她会很高兴。他们家是怎样的房子呢？想象房子果然很令人兴奋。

真弓一边摆放上午十一点开始抛售的苹果，一边哼着俊介新曲的副歌。

上午十一点——

彩花真的觉得是不是耳朵里的半规管出了什么毛病，倾斜的地面一直无法恢复平坦，而且还开始旋转。彩花突然觉得想吐，从第二堂课开始就一直在保健室。

“你说不舒服，可是脸色很好啊。回去上一小时课，要是还不舒服的话再过来。”保健老师对同时一起到保健室来的二年级女学生们说，叫她们回去。老师望着彩花，露出“又来了啊”的表情，无言地替她拉起床旁窗户的窗帘。

为什么不像对别的学生一样明朗地跟我交谈呢……没办法。坡道病的学生一定让人很不舒服。能够直直望着这个世界的人是无法了解坡道病的心情的。

彩花侧躺着，叠起枕头枕上去，终于感觉自己好像放平了些。

真的再也受不了坡道了。要是不搬家就好了。不去考S女校就好了。

全部都是母亲的错。

“不想住在这种小公寓，想住独栋房子。”

母亲从彩花懂事的时候起就一直这么念叨。让她看建筑商的广告传单，常常问她这上面哪栋房子好，还带她去过好几次结婚前上班的样板房展示场。每次去的时候都要说，妈妈就是在这里认识爸爸的哟。

但是彩花并不讨厌那样。

父亲有时候会把壁纸和窗帘的厚重样本集带回家，彩花很喜欢翻看，一边看一边说我的房间要用这种窗帘，厨房的瓷砖用这种挺可爱的。这样跟母亲一起想象理想的家，十分愉快。彩花画的画、用空面纸盒做的玩偶屋，父亲看到也高兴地说彩花真是有概念呢。

“彩花也很想快点住独栋房子吧？”

母亲每次这样说，彩花都高兴地点头，但彩花心里想的是在住惯的地方建起的新家。

上附近的公立中学，和从小就在一起的朋友们一起聊天逛街，花上一倍的时间上下学。社团活动在这里好像不怎么流行，就加入静态社团悠闲地打发时间，放假的时候就到哪个人家里去，在小房间吃零食，聊男生或者是偶像。俊介的演唱会其实是想和朋友一起去的。

然而新家却盖在别的学区的住宅区里，而且还是要爬坡上去，四周都是大房子的一个叫作“云雀之丘”的地方。

“有不动产公司为了扩张道路买了云雀之丘的部分土地，然后抛售不需要的畸零地，约四十坪[1]。”

彩花刚上小学六年级的某天晚饭时刻，父亲这么说道。道路什么的彩花根本听不懂，但看见母亲高兴得要飞上天的样子，觉得一定是天大的好消息。

“云雀之丘，那个云雀之丘哟。可以在云雀之丘盖房子哟。”

母亲好像唱歌一样不断地反复说这些话。也许真的是在唱歌。那年十二月，房子建成之后，彩花才知道那里是市内最高级的住宅区。

“真好啊，彩花。住在那么高级的住宅区，根本就是大小姐了。”

邻居的阿姨在祝贺他们新居落成送礼来时这么说，知道是那么高级的地方彩花吓了一跳。地名有鸟的名字觉得还挺可爱的，既然新家盖在那里应该也会很可爱吧。彩花只这么觉得，没想到还会成为大小姐。但是，住在高级住宅区并不会让人成为大小姐。

“从云雀之丘可以走路到 S 女校呢。彩花很会念书，现在开始努力应该来得及，就去考考看嘛，去嘛去嘛！”

母亲从刚建好的房子二楼窗户眺望外面，跟她这么说。母亲看见了穿着可爱制服的女孩子走进了对面人家。没想到竟然要去考 S

---

[1] 四十坪约等于 132 平方米。

女校。上了小学六年级之后一次也没想过。同班同学也有要考中学的，但是只有体育方面很强的和特别聪明的孩子而已。跟那些人一起考试怎么想都没胜算。就算考上了，进去也会担心跟不跟得上，也没自信能跟大小姐们和睦相处。我没办法的啦。她觉得自己好像这样说了至少三十次。

但是陶醉的真弓根本听不进彩花的话。

我们在云雀之丘盖了房子，而且彩花要去考S女中。那个时候母亲无论碰到谁都说这些话。就算迎合她的自吹自擂，不以为然的人绝对不在少数。就算这样，只要梦想能全部实现，虽然被讨厌，但也不会丢脸。

然而彩花却没考上。本来打算毕业典礼之后再搬到新家的，但发榜之后他们就急急打过招呼搬走了。毕业典礼没参加，跟朋友都没好好惜别，就像被母亲扯着一样慌忙离开。

然后四月进了市立A中学，没有半个认识的人。虽然算是交了几个朋友，但能沿着坡道一起上下学的人却一个也没有。

云雀之丘最小的房子……真想让母亲听听。

要是没有那种家就好了。那样的话就可以免于坡道病了。但是……

下午一点——

真弓回到员工办公室休息，打工人员美和子正拿着电视遥控器换频道。希望她不要觉得非得跟晚进来的啰唆大婶一起吃午饭不可。真弓尽量不看向她，从置物柜里取出便当打开。

“自己做的便当啊，你真勤劳。”

美和子一边把在熟食区买的豆皮寿司塞进嘴里，一边瞥着真弓的便当。炸鸡、肉丸、撒了调味粉的白饭。虽然这是彩花不会抱怨的贵重组合，但并不是能够自信满满给人看的便当菜。

“我女儿是中学生，只是把做给她的便当菜顺便装装而已。”

“啊，女儿是中学生啊？上哪所学校？”

“……A 中学。”

“A 中学的话离真弓太太家蛮远的呢，但是愿意去上公立中学真是孝顺。我们家女儿啊，求她说至少到高中都上公立学校吧，但是她竟然说 S 女校的制服很可爱，因为这种无聊的原因要去考。但是她平常根本不念书，应该是考不上的，就让她去考个纪念吧。结果竟然考上了，我和我先生都大吃一惊。本来以为是招生招不满，查了一下新闻竟然报考人数是招生人数的两倍，所以有一半的人没考上。难道是都染上流行性感冒了吗？女儿虽然很高兴，我们做爸妈的可辛苦了。学费好贵，交通费也贵，毕业旅行要出国，要交储备金。她现在高中二年级，打工赚的钱全部存起来。真的辛苦得要命。你呢？这里的打工费当零用钱？”

“怎么可能？才没有。房子的贷款好重。”

“啊，自己盖了房子啊？真羡慕。我也是，要是为了自己应该也能努力的。虽然说做父母的有义务，但是把钱全部花在小孩的身上还是有点那个。”

她是在炫耀吗？是在取笑彩花上公立学校吗？不，真弓觉得她似乎是真心羡慕。美和子的午餐永远是三个一百二十六日元的豆皮寿司。真弓从吃完寿司啜饮热茶的美和子身上感觉不到优越感。可能真的很辛苦。虽然因为彩花没考上所以羡慕她，要是真考上了，自己现在可能跟她一样抱怨。光是房子贷款就够瞧的了，要是彩花考上了的话……

自己可能得要增加打工的班次，或者是在别的地方另打一份工才行。但是那样的话，彩花应该就不会成天抓狂了。

身体方面会比现在辛苦很多，但精神方面应该会比现在满足不知多少倍吧。

要是没叫她去考就好了。

因为对彩花来说，伤自尊的并不是没上S女校，而是“没考上”这件事。一开始就理所当然地让她去上公立学校，就不会让她时时抓狂了。真弓完全没想到事情会变成现在这样。她并不是为了要伤害彩花才让她去考S女校的，只是希望她能考上。

让彩花去上私立学校，真弓从盖房子之前就一直这么想。去上好学校就能认识好朋友和好老师，以后就能进入好公司工作，遇见可以托付终身的好人。要是这一切在小学六年级的时候努力就能办到的话，做母亲的当然绝对想要让她去考。但是当时租的公寓附近并没有可以徒步上学的私立学校。彩花是女孩子，不想让她骑自行车或搭电车上下学。就是因为这样想，听说云雀之丘有地可以买的时候，真弓立刻觉得，就是这里了！有走路可到的好学校的地点非此地莫属。

就算以便宜的价格买下高级住宅区的一角，也不能乐昏了头。以前住的公寓附近和“新鲜斋藤超市”附近的话，同样的价钱可以建造五倍大的住宅。要是只有夫妻两人，房子盖在哪儿都无所谓，是为了女儿才重视住家环境的。

真弓完全没有想到叫彩花去考S女中是弄巧成拙。

彩花是个有能力的孩子，从懂事前就跟附近的小孩不太一样。百分之百羊毛的衣服就很高兴地穿着，只要穿上混了一点人造纤维的衣服就会不高兴地哭起来。她喜欢的百分之百苹果汁卖完了，给她别的牌子的百分之百苹果汁，喝一口就吐出来。真弓觉得她是个感觉敏锐的孩子。

这样的孩子一定很聪明。

启介笑她是自己的孩子怎么看都好。是我们的孩子啊！虽然这么说，两人过的也都并不是失败的人生。他们不好高骛远，以自己的步调过着普通的日子而已。要是父母对教育热心些，孩子或许也就去考好中学了，要是家附近有好学校的话，或许就会以此为目标努力。无关能力，而是环境因素。幸好有机会给彩花一个好环境，接下来就要看彩花自己的努力了。

上小学后的彩花虽然并没有到出类拔萃的地步，但也是前半段的。教学观摩日时虽然没有看到她主动举手，但被老师点到也都能正确回答，但是真弓并不觉得那是彩花的实力。公立学校，特别是小学，虽然会努力不让学生变成放牛班生，但并不能让有潜力的学生进一步发挥。只要费点功夫，教彩花一点诀窍，心思纤细的她一定可以更上一层楼。

而且彩花自己也想去。提出申请书之前，彩花就到处跟邻居的同学说要去考S女校了。

“跟大家分开不寂寞吗？”

“完全没问题。S女校可以交新朋友。”

无论谁这么问，彩花都不在乎地这么说。并不是真弓要她非考不可逼着她去考的。

既然如此，为什么现在每天都责怪真弓呢？

“哎，真弓太太，你知道这个新闻吗？”

美和子目不转睛地盯着中午的信息节目，一边重新泡茶，一边转向真弓。真弓本已下定决心自己绝对不提此事，但果然还是无法避免这个话题。真叫人郁闷。

家里蹲的宅男刺杀父亲的案子。每次看到这则新闻，真弓脑海里就响起彩花的喊叫声。

“我很少看新闻。”

“但是从前几天就开始播了，你应该也看到过一次吧？真讨厌，竟然在家里杀人。”

“是啊。”

“发生这种事情，邻居都会说真是难以置信吧？看起来像是很幸福的家庭之类的。真的是那样吗？”

“应该是吧？”

“之前一直都很幸福，某一天突然杀人了，这说得过去吗？真弓太太有想过要杀了先生吗？”

“怎么会？”

就算觉得启介靠不住，也从没想过要杀了他。结婚以来他从来没有动过手，也不曾骂过人，其实算是个好丈夫。

但是要是他出轨呢？真弓一定会觉得愤怒。或许会给他一巴掌，或许暂时不想跟他说话，也不想看见他，但应该不会想要杀他的。无法想象自己为了启介费那么大的力。

“我家成天吵架，但立刻就和好了，不会发生凶杀案的。那你女儿呢？”

“当然不会啊！”

真弓的声音大得自己都吓了一跳。干吗这么激动地否定，真弓也不知道。她对启介和彩花抱持的感情到底差别在哪里呢？

“对吧，是一家人啊。就算常常看不顺眼，也不会要杀人的。通常都是这样。出事的家庭就算是突然爆发的行动，背后一定累积了什么东西。那种东西不管怎么隐藏，都会从行为和说话表现出来的。为什么邻居们都没注意到呢？”

“就是说啊……”

“一定都装傻说在看电视，然后心里想，啊，果然是这样。”

美和子把茶喝完，重新开始化妆。

要是我家也出了事，电视台的人和警察到超市来，这个人会说什么呢？真弓一边望着涂上鲜红色口红的美和子，一边想象那张嘴里说出来的话。

“好像房屋贷款的负担很重呢。午饭总是带着只有一点的冷冻食品，很节俭的样子。女儿上的是公立学校，为什么手头还这么紧，原来他们家在云雀之丘。勉强在那种高级住宅地盖了房子，所以才一直在乎钱，家里发生摩擦了吧。但是那应该还是社会地位的差别造成的吧？”

跟她说一句可能会被放大成十倍。对了，说晶子有喜的也是这个人。真弓还呆呆地信以为真，打算去看人家，其实完全毫无根据。要是她在接受不孕治疗，那岂不是往伤口上撒盐吗？

臆测别人家的事、说长道短是不行的。所以大家都装作不知道，这样才不会惹上麻烦。

下午两点——

彩花身体状况一直没有改善，便当也吃不下，于是便早退了。午休的时候回教室拿书包，候补派的尚美替她收东西。

“一个人没问题吗？”志保在后面好像关心似的大声说，“会有人来接你吧？云雀之丘的大小姐呀，虽然是最‘哔——’的房子啦！”

教室角落传来扑哧偷笑的声音。尚美畏缩地看着彩花。彩花沉默地瞪着志保。

“讨厌，大小姐在瞪我。”

这种程度志保怎么会怕呢？教室里更加喧闹起来。

不要、不要、不要……眼前的教室像是要翻过来一样，地板开始倾斜。彩花用撑在椅背上稳住身子的手抓起椅子，使尽浑身的力气扔向志保……但她身子一闪避开了。笑声越来越大。真糟糕、好恶心等评语此起彼伏。彩花逃出教室。

默默上坡。为什么非得被人当成傻瓜不可呢？住在云雀之丘分明是母亲的错。而且为什么云雀之丘就要被人以有色眼光看待呢？那种地方根本没有什么特别的。或许地价很高，房子都很大，但是那边住的并不是什么特别了不起的人。

像小金包就是典型的普通大婶。开学后第三天，彩花喘着气爬坡回家时，碰到在门口打扫的小金包。彩花停下脚步向她问好，小金包也微笑着说欢迎回来，同时还说了不必要的话。

“你不是上比奈子上的 S 女校呢……没看过的制服。是哪里的学校？”

“A 中学。”

“A 中学的话，是在海边吗？不好意思，我对下面不太熟。每天要上下坡很辛苦吧？但是你还年轻，真令人羡慕。上了年纪要爬坡根本不行，我不知道多久没有下去了。”

觉得住在坡上很痛苦的，只有必须下坡的人而已。彩花的学校、母亲打工的地方、父亲的公司，全部都在坡下。背着可笑小包的大婶光在坡上就可以生活，那个小包在坡上的人看来应该很时髦吧。本来就是只有那样的人才能住的地方。

不想回去、不想回去、不想回去。

彩花在坡道和公路的交叉口，看见一个熟面孔朝这个方向走来。

是慎司！

为什么会在这里呢？还没到放学时间，在这里闲晃被人看见了也没关系吗？他看起来似乎并不在乎别人的视线。要不要叫他呢？

彩花还在迟疑，慎司已经越过斑马线走近。慎司虽然略微垂下眼睑，但在跟彩花擦身而过的时候还是看了她一眼。彩花“啊”地叫了一声，但慎司好像陌生人一样视若无睹地走了过去。

分明看到我了却假装没看到，这是把我当傻瓜吗？要是慎司逃学的话，那现在自己和他是处于平等的地位，不，问心无愧的自己应该处于优势才对。

“喂，等一下！”彩花不自觉地大声叫道。慎司停下脚步，回过头。

“什么事？”

要是他露出厌烦的样子，彩花立刻可以给他难堪，但没事人似的回答却让她无话可说。

的确没事。当然可以问他怎么不去上学之类的，但自己问这种问题好吗？彩花不由得踌躇。但是他既然转身面对自己，又不能不说话。

“……上星期的篮球比赛，你怎么没去？”

其实在这种情况下不应该问这个的，但彩花只想正常地说说话。不提沉重的话题也好，聊聊社团活动得了。

“跟你没关系吧？”慎司露出明显不悦的表情说。

这种说话方式是什么意思？我可是顾虑到你才挑了一个正常的话题。

“那你在这里干什么？”彩花以同样不悦的表情顶回去。

“没什么。”

“你跟对面邻居都是这样说话的吗？我可对你很亲切。你们家可给我们添了很多麻烦，这你总该知道吧？什么跟我没关系，你以为你是谁？总该道个歉吧？”

“我什么也没做。”

“既然是你们家的事，你就有责任。”

“我家给你们添了什么具体的麻烦？”

“被你的白痴粉丝追得团团转！”

“那就跟白痴粉丝抱怨不就好了？”

“什么，你是在推卸责任吗？要逃避？有钱人家的少爷连跟别人道歉也不会？”

“你够了没？我现在没时间跟你进行这种无聊的谈话。还有，我能说一件事吗？”

“……什么？”

“你们家是后来才搬来的。要是觉得麻烦，搬家不就好了？”

“什……”

慎司转身走开，彩花瞪着他的背影，这回真的什么都说不出来。涌上胸口的不知是愤怒，还是羞愧。

为什么、为什么、为什么？为什么非得被人家看成笨蛋不可？给别人添麻烦的……我们分明是受害者。

彩花仿佛要吐出最后一口恶气般，对走下坡道的慎司喃喃道：

下去吧、下去吧、下去吧，滚下去吧！再也不要上来了！

下午五点十五分。每周惯例的周三反馈顾客感恩日有三次一小时特卖活动，四点开始到五点的这一段时间是高峰。完全没有喘气的余地，只能像机器一样，反复地说欢迎光临，替客人结账。特卖结束之后，早班的真弓就可以下班了。

美和子她们会滑头地在特卖期间买自己要的东西放在办公室里，但真弓做不来这种精明的行当。在这里打工已经两年多了，从来没有买过特价的鸡蛋和砂糖。她总是脱下围裙，以一般顾客的身份购物。

真弓在自动门前停下，看了一下皮包里面，发现手机的灯在闪。她的手机是因为反正有所以带着，一星期只用几次而已。

彩花班主任的留言："彩花同学因为身体不舒服，下午早退了。她还好吧？"

彩花曾经要赖不去上学，但早退还是第一次。早上出门的时候跟平常没啥两样啊……

一定是太热中暑了吧。都已经过了五点了还这么热。

已经很累了，还晒着太阳，越发觉得累。还得去购物，真弓疲累的脑中只想着好像有些非买不可的东西。彩花好像也要她买点什么。

这样根本没办法去探望晶子。她是不是也中暑了呢？

总之买点能提神养气的东西回去好了。彩花可能没有食欲，但今晚有俊介的电视节目，她应该会下楼来吃晚饭的。真弓进入冷气十足的超市里，买了几样东西上车回家。

今天也努力工作了一天。

一边在车上听着俊介的歌，一边驶上云雀之丘的坡道的这段时间，是真弓最幸福的时候。

【七月三日（星期三）上午八点—下午五点二十分】

第四章

高桥家

晚上九点二十分——

高桥良幸在车站的票闸口望着手表，叹了一口气。今晚也会在吗?

“妈妈说，要替良幸做能补充体力的东西。”

良幸常常住在大学的研究室里，一星期顶多回公寓三次，但每次野上明里都会在良幸回去前几个小时先到公寓，替他做饭。良幸是在要凑人数而被拉去的联谊场合认识她的，交往了约半年。一开始她做些炒饭、火腿蛋等像是假日早餐的料理，渐渐开始变成需要费功夫的菜肴。

随之而来的台词是“妈妈”。妈妈教我做菜，妈妈考虑了菜单、买了材料，然后上次终于连爸爸都登场了。

“爸爸说想跟良幸见面呢。”

为什么要见面啊? 良幸常常被人说是个好人，却从来没人说过他很帅。明里是他第一个女朋友，所以明里跟他讨钥匙他就立刻给了。问他家里有些什么人，良幸就仔细说明。

但提到家人的次数太频繁了，良幸不禁疑惑地想，其他人也都是这样吗？

今天他随口问了大学研究室的朋友跟女友都聊什么，人家回答说很普通啊，就聊聊电影和喜欢的音乐之类的。再问会提到家人吗，人家回答几乎从没讲过。

在旁边听到这段谈话的女生们一边诡笑，一边插嘴说：

“她不是把高桥同学当男朋友，是当结婚对象了吧？”

“不是吧。还是学生啊。”

但是女生们毫不让步，坚持说最近的短大女生找的不是工作而是丈夫。

打从开始就没有自己去工作的意愿是有点不太好，但倒还蛮脚踏实地的。高桥同学应该会是个好丈夫吧。看起来一本正经，也不会搞外遇。

虽然这是在称赞良幸，但这群女生之中没有人对良幸告白过。联谊的时候在自我介绍之前根本感觉不到女生的视线，但一说在上医学院，就感觉女生都看过来。其中最热切的就是明里。但是对同样在上医学院的女同学而言就完全没感觉了吧。要是良幸没了医学院学生的身份，就只不过是个好好先生而已。

反过来也说得通的话，父亲和母亲是医学院的同学，那是喜欢上她哪一点呢？母亲在良幸两岁的时候就因车祸去世，良幸连她的长相都想不起来，只能看照片。跟良幸一模一样的装傻相。就算是说客气话也称不上美人。这世上也有喜欢那种长相的男人吗？从父亲再婚的对象看来，说他喜欢母亲那种长相更加说不过去。

母亲有母亲的好处，那个人有那个人的好处吧。

要是说那个人的好处，首先就是长得漂亮。明里问起你妈妈是怎样的人，良幸回答说是很漂亮的人，明里不由得皱起眉头。从良幸的长相根本无法想象，可能以为他是个恋母妈宝。良幸慌忙补充说现在的母亲是没有血缘关系的。

“不是亲生母亲，对待你和其他的兄弟姐妹会有差别待遇吧？”

明里用同情的眼光望着良幸这么说。答案是否定的。良幸四岁的时候成为他母亲的那个人，一开始就非常温柔，生了自己的孩子之后对良幸的态度也始终如一。她很会做菜，良幸当考生的时候总是给他做消夜。因为受到她的影响，良幸自己煮乌龙面或泡面的时候，一定会把蛋打成蛋液加进去。

“你的弟弟妹妹是怎样的人？同父异母呢。我是独生女很难想象，应该跟真正的兄弟姐妹不一样吧，你们会不合吗？”

明里是不是希望听到电视剧演的那种被后母欺负的悲惨故事啊？对良幸而言，比奈子和慎司都是“真正的兄弟姐妹”。良幸记得自己曾经多次把耳朵贴在那个人渐渐隆起的腹部上，期待弟妹出生。

“我们感情不错啊。我妹常常发短信给我，我也跟弟弟去看球赛。啊，对了，那个咖喱广告的男生，叫什么的？我弟长得跟他一模一样。”

“咦？高木俊介？你弟弟那么帅啊？”

“说是我弟弟都没人相信吧，真的很帅。运动神经好，功课也好，我引以为傲呢。”

“这样啊。所以你母亲对你很好。”

明里不知怎的好像恍然大悟一样喃喃道。她可能是解释成因为自己生的孩子比较优秀，所以可以对前妻的孩子好吧？但是良幸觉得不管比奈子和慎司如何，那个人应该都会以同样的态度对他的。明里之所以用偏激的角度解释那个人的态度，可能是在对抗连面也没见过的良幸母亲。

这就是明里把他当成结婚对象的意思吗？良幸并不讨厌明里。她跟自己走在一起，可爱得自己都配不上了。明里心直口快，有时在人多的场合会让人捏一把冷汗，但只要想成是她坦率没有心机，反而很好相处。但是结婚的话会如何呢?

当然，要是像现在这样顺利交往几年后结婚的话，不会有任何问题。但是明里完全不找工作，良幸还在当学生，就摆明了要靠他吃饭，实在让人感到很有压力。还有一年半才毕业，毕业之后并没有能够立刻获得稳定收入的保证。至少在三十岁之前都得要吃苦打拼的。而且要是良幸得比别人吃更多苦的话，赚到的钱想要用来孝顺父母。

今年过年回家的时候，良幸跟比奈子约好了。

“虽然时候还没到，但爸爸和妈妈银婚纪念的时候，想送他们去国外旅行当礼物。”

比奈子这么一说良幸才醒悟。那两人因为自己，并没有去蜜月旅行。虽然全家一起出去旅行过很多次，但他们两人应该没有单独出去过。

“那费用我来想办法。比奈子和慎司去偷偷探听一下他们想去哪里。”

听到良幸这么说，比奈子高兴地竖起大拇指说，没问题。

怎么想都觉得结婚还早着呢……

良幸回到公寓前面，看见二楼后方的房间亮着灯。本来每次看到都很高兴的，可能是因为想多了，心情有点沉重。良幸停下脚步，深呼吸了一下。

镇定一下。被女生调侃也不是今天才开始的。她们自己没有男朋友，所以不爽而已。

被那些家伙说动，在明里面前提起结婚的事，可能会有反效果。只是因为明里家亲子关系好吧。良幸也问过比奈子有没有男朋友。比奈子说没有，良幸就说有的话要介绍给我认识。跟这一样。

良幸走上公寓外面楼梯，打开大门，浓厚的酱汁香味迎面扑来。天气这么热，还做炖牛肉，感觉有点难以消化，但进入冷气十足的房间里食欲就来了。

“欢迎回来。”在玄关旁边的厨房搅拌着锅中食物的明里转过头来对他说。

“流了好多汗啊。先去冲个澡清爽一下吧？饭马上就做好。”

明里把炉火转小，从良幸手中接过包，打开浴室的门。

“顺便洗衣服吧。”

洗衣机在阳台上。良幸听话乖乖进入浴室。洗脸台上红色蘑菇形的牙刷架上换了两支新牙刷，良幸和明里的。浴巾洗过了。微微有些浴垢的浴缸也洗刷得干干净净。

良幸一边淋浴，一边想自己是不是其实很幸福。洗完澡坐在桌前，明里一定会从冰箱拿出冰的杯子和啤酒，并为他斟上，边喝啤酒边吃上桌的炖牛肉和沙拉。结婚似乎也不是不成。至于去见她爸妈，既然人家会买食物和啤酒之类的，不去见面反而失礼。

下次试着说要直接去跟她家的人道谢好了。良幸很期待明里听到不知会是什么表情。

良幸走出浴室，明里不在厨房区。炉子的火也关了。走进房间看见桌上放着沙拉碗。

明里低着头坐着，握着手机。

“怎么了？”良幸问。

但明里没有反应。是身体不舒服吗？良幸把手放在明里肩上，她夸张地晃动身体，往后闪躲，好像想逃开却站不起来，背靠着落地窗缩成一团。去冲澡到现在不过二十分钟，发生了什么事啊？难道是听到什么坏消息吗？

良幸望着她手中紧握的手机，是他的。

“你怎么拿着我的手机？”良幸虽然感到不悦，但还是尽量平静地问。

明里抬起头，默默把手机递给良幸。她丝毫没有胆怯的样子，但也没有要说明的意思。就这样面无表情。她在生气吗？可能是研究室的女生发了什么短信被她看到，误会了吧。

良幸打开手机。

七月四日（星期四），晚上九点四十分。

——十分钟以前发来的短信。

怎么，是比奈子发来的。

——打了好多次电话给你都没人接，所以发短信。警察已经跟你联络过了吗?

我虽然住在晶子阿姨家，但是实在太难过了。姨丈不想让人知道自己的亲戚是杀人犯，想把我赶走。这也是理所当然的事。要是我是这家的孩子，也会赞成姨丈的。

晶子阿姨一直设法要说妈妈不是凶手，是正当防卫什么的，甚至还说凶手是慎司。对阿姨来说慎司是凶手比较好。跟姐姐是杀人犯相比，外甥是杀人犯至少隔得比较远。

这么说来，凶手是慎司是否对我而言也比较好呢？虽然都是亲人，都遗传了妈妈的血统，我和慎司只不过刚好是同父母生的吧?因为要是原料有问题，身为成品的我可能也会有缺陷。要是成品有问题，那可以当作刚好有不良品而已。

这样的话，大哥是不是宁愿妈妈是凶手呢?

但是别人不会想得这么复杂吧。

家人就是家人。既然如此，我们又没犯着别人，为何要特地公告周知？就不要宣扬不行吗？为什么非得要把我们家发生的事情告诉根本不认识我们的人呢？完全不顾虑我和大哥的立场。

慎司说不定是因为害怕这样才逃走的，因为他是个单纯的孩子。钱包和手机都没带，到底上哪儿去了呢?

总之，我不想在这里待到惹人厌，所以明天就回家。可能的话希望大哥也回来。

良幸把比奈子的短信读了三遍，检查是否有其他短信，但除了明里发的“今晚吃炖牛肉哟”之外，什么也没有。家里没有电话。住在研究室的三天手机没开机，不知道有没有人打过电话来。

“嗯，这短信是怎么回事？什么杀人犯的亲戚？叫你大哥，那是你妹妹发来的了。妈妈是凶手，这是什么玩笑吗？”良幸要打电话给比奈子确认，明里从后面扯住他的手腕。

“抱歉，现在没时间讲这个。”

良幸连转身都顾不着。

“你这么慌张，看来妹妹不是开玩笑。良幸的老家在Y县吧。这是不是昨天晚上，也就是今天凌晨，Y县S市高级住宅区发生的太太杀害丈夫的案子？”

良幸关上手机转过身。明里好像刚才的事都没发生过一般，镇静地望着良幸。

“你知道？”

“新闻有播。从中午开始不管哪一台都反复一直播。精英医生跟美人太太吵架，被太太用房里的摆设从后面殴打头部死了。”

明里话还没说完，良幸就打开电脑。连很少看新闻的明里都知道的话，那应该是当成大新闻报道了。然而只有自己什么也不知道。

Y县、医生、高桥，用这三个关键词检索，结果蜂拥而出。选择其中重要媒体的报道点击，父亲和那个人的名字就出现在眼前。

七月四日星期四，零点二十分左右，Y县S市的消防队接到通报电话说：“丈夫受伤了。”救援人员赶到的时候，Y大学附属医院的医生高桥弘幸（五十一岁）头部流血倒在地上。高桥先生被送往医院之后确认死亡。嫌犯高桥淳子太太（四十岁）向警方供称自己用房中的摆设殴打了丈夫。案发当时高桥家只有高桥先生和淳子太太在场。警方目前正在调查两人之间发生了什么纠纷。

二十几个小时前家里发生的事情。是那个人自己报的警，也自首说殴打了父亲。但是良幸无法想象那个人加害父亲的样子，连吵架都无法想象。父亲沉默寡言、稳重自持，但绝对坚持自己的意见。良幸在成人式当天晚上跟父亲一起喝酒的时候，父亲曾说在学生时代跟他生母辩论到天亮。那个人对父亲却是言听计从的。

良幸认为那是尊敬而非服从。

“哎，良幸，真的是你家吗？不要不说话啊。”明里扯住钉在电脑前面的良幸的T恤。

“跟你没关系吧！”良幸不由得大声起来。

总之现在想知道家里发生了什么事，还得跟警方联络，比奈子和慎司也让人担心。案发当晚两人在干什么呢？新闻报道说家里只有高桥先生和嫌犯淳子太太在，比奈子和慎司上哪儿去了呢？得再调查一下才行。良幸正想再点击别的条目，电脑却突然发出“哔”的一声，画面一片漆黑。明里把电脑的电源线拔掉了。

“你在干什么？”

“你才是，只顾着看电脑。你不该先跟我解释吗？”

“为什么？”

“因为我现在就在这里啊。我和与凶杀案相关的人独处不是吗？看见那种短信吓死我了。我该怎么办才好？”

与凶杀案相关的人，明里说得非常明白。吓死我了，那是因为和杀人凶手的儿子在一起吗？

“害怕的话，回去就好了。”

“你什么也不说我就回去，还是很不安啊。”

“我也什么都不知道。可能比明里你知道的还少。我看到刚才的短信才知道。随便偷看人家的短信，然后说什么不安、可怕，还要人说明，胡闹也要有个限度！”

胡闹也要有个限度！听到自己大叫的声音，一瞬间起了仿佛是父亲在怒吼的错觉。良幸并没有因为成绩被父亲责骂过，只因为可能妨碍到别人的行为被骂过。穿着鞋子跪在电车的椅子上看窗外的时候，用粉笔在马路上涂鸦的时候。

父亲没有动过手，只要怒喝一声，良幸就缩着身子流下泪来。他望向明里，她也眼泪直流。

“人家没有偷看。谁叫你手机老是不开机。发短信给你也没回，看见你的手机在包里，拿出来一看果然没开机。开机就收到我的短信和另外一个女生名字发的短信……人家想知道是谁，只是要确认一下。要知道是那种内容我才不会看呢。”

明里一口气说完，放声大哭。就算这样也仍旧是偷看。但是良幸也听朋友说过女友老是检查他的短信。他并不觉得明里一定不会做这种事，也曾想过或许明里在他洗澡的时候看过。自己收到的短信几乎全部都是联络用的无聊内容，根本没有偷看的价值，要看就看吧。没想到比奈子会发来这种短信，要是别的让她以为是花心的短信可能还好些。

“等我弄清楚了会好好跟你说明。今天你先回去好吗？我很担心我弟和我妹。”

“你是说你比较担心你的兄弟姐妹而不是我？我对你而言算什么人？就算现在担心在远处的弟弟妹妹，反正也什么都做不了。但是我可在你面前，你不想守护我吗？”

守护？有什么好守护的？怎么想出了事的都是我这边，明里只觉得她自己重要吧。

“饶了我吧。你要我怎么办才好？”

“跟我在一起，因为我害怕。不要去想你爸妈和弟妹的事，只要想我就好。”

害怕不正是因为跟发生凶杀案的人家的儿子在一起吗？只要离开这里，明里一定就觉得自己跟凶杀案毫无关系了。想知道详细情况，明里自己去看电视或到网络上查不就好了吗？

要不要硬把她赶回去，还是她只要留在这里就满意的话，就让她留下呢？现在立刻出发的话，应该可以赶上夜间巴士的。良幸沉默地坐在电脑前面，明里从厨房区取来保鲜膜，开始包沙拉碗。

“我现在什么也吃不下，先收拾了。良幸呢？”

良幸虽然觉得胃里是空的，但并不觉得能够咽下固体的东西。

光是想着勉强吃下就想吐。良幸摇头，明里把他的份也包起来，放进冰箱。

只不过是这样的动作，发出的声音就让良幸觉得烦躁。他双手紧握成拳，尽力忍耐。

晚上十点五十分——

良幸呆呆地望着浴室的门，心想自己在做什么。

家里发生了大事，本来应该立刻赶回去的。是因为现在夜间巴士也赶不及了，除此之外没有别的交通方式了吗？但良幸觉得这像是借口。等天亮了，电车和公交车开始营运，自己就会跟平常一样不是回家而是去学校吧。明天的实习攸关学分，绝对不能请假。现在还在这里的原因或许是觉得那比家里发生的事重要。

是这样的吗……

收好饭菜之后明里就去洗澡，良幸本来想趁机给比奈子发短信的，但到处都找不到手机，一定是被明里带进浴室了。

良幸不明白明里这么不想让他跟妹妹联络的理由是什么。无计可施之下再度打开电脑，等待系统重新启动的时候，明里从浴室出来了。只花了平常时间的一半。良幸觉得这次可能不只是把电源切断就可以了结，慌忙把电脑关了。

良幸拿起遥控器打开电视，要换到新闻台，主电源却被切断了。良幸实在忍无可忍。

他走近电视要接上电源，明里挡在前面张开两手。她头发还没干，水滴在面颊上。

“良幸不害怕吗？自己的爸妈一个杀人，一个被杀，电视报道全国都知道了。认识你的人和不认识你的人都在看，爸爸和妈妈的照片都有出现，就算加了马赛克也知道是你家。看到那些你不怕吗？”

原来她所谓的害怕是这样。的确，在网络上搜索的时候看见父亲和那个人的名字就打战。看见影像受到的冲击可能是好几倍。但是良幸想知道，他觉得这样知道也没什么不好。

从电视和网络上得知的情况对别人来说可能就是事实，但身为家属的自己又如何呢？

自己有这么信任媒体吗？这种报道的内容通常都是翻过两三遍的不是吗？

或许一切都是徒劳。

“我不会开电视，也不看电脑了。你去把头发吹干吧。”良幸这么说。

明里抽泣起来。她是以自己的方式关心他吧。良幸伸出双手，想要拥上她的肩膀……明里像要逃跑般往后躲进浴室。洗澡洗得很快，吹干头发倒花了平常一倍以上的时间。

那还是铺被子好了。良幸打开壁柜，要拿出客人用的被子，明里从背后伸手搭在他肩上。为什么要另外铺被子？良幸以为刚才是自己误会了。两人一起上床，平常明里都要枕着他的手臂的，今天却缩在床边背对着他，一动也不动。

果然“害怕”有别的意思吧。良幸决定不自己伸出手，也尽量缩在另一边，用遥控器关了灯，闭上眼睛。

“喂，在生气吗？”明里低声说。

良幸虽然不安，但并没有生气。他觉得自己并没有立场对明里生气，但跟她说没有生气好像又有点不对。不知如何回答，干脆装睡。

家里到底发生什么事了呢？父亲死了，被杀了。殴打他的是继母。户籍上是这样，但良幸从没有这样想。凶手是母亲，地点是云雀之丘的家。慎司和比奈子当时不在家。比奈子现在在阿姨家，慎司下落不明，这就是我家目前的状况。

自己身上目前还没有发生任何事。

至少只要待在这里，应该就不会发生吧。只要睡着就没事了。

“良幸会不会当不成医生啊？”明里又喃喃说。

“是不是要退学回老家呢？那样的话就不能见面了。”明里说着翻过身，轻轻伸手覆上良幸的手腕。

“但是回老家住更辛苦吧。邻居大家都知道发生了什么事，也知道良幸是那家的儿子，这样找工作应该也很困难。”

明里的手沿着良幸的手腕来到他的面颊。

“爸爸会不会要我跟良幸分手呢？妈妈也可能说不能再来这里了。那样的话该怎么办？”

明里抚摩他的耳朵、他的头发……

“喂，要怎么办！说话啊！”

明里突然坐起身子，把两个人盖的薄夏被掀开，握着拳头敲良幸的胸口。

“喂、喂、喂！”

明里越来越用力，良幸轻咳起来。本来想让她闹到高兴为止，但明里一直不住手。

喂，叫声开始混着哭声，接着就像水坝决堤般大哭起来。

良幸不知道明里在哭什么。

我会努力念完，当上医生的。明里的爸妈反对，但是我喜欢明里……这么说的话她就满意了吗?

我才想哭呢。父亲死了，还不能深究这个事实。干脆我离开好了。一个晚上都这样的话，还不如去二十四小时餐厅喝咖啡等天亮。网咖也可以……慎司在哪里呢?

“中学生离家出走的话，会去哪里呢?”

明里的手停了下来。

“啊? 我不是在说这个吧?”

“但是你看了短信应该知道，我弟弟失踪了。好像连钱包和手机都没带，会上哪去了呢?”

“难道不是去朋友家了吗? 男孩子去睡公园或者车站，两三天也不会怎么样，等到在外面混不下去了就会回来的。”

慎司有这么坚强吗? 自己和比奈子有时候会瞒着父母好好放纵一下，却没有见过慎司如此。慎司能在车站或公园过夜吗? 这么说来……

“喂，不说这个。”

“你稍微安静点。”

的确见过慎司在外面睡觉，去年夏天坐巴士回家的时候。车子早上六点到达时，慎司在候车室里。慎司坐在椅子上打盹儿，良幸拍他的肩膀，他惊醒跳了起来，四下张望。问他是来接我的吗，他说散步顺便来的。那是真的吗？在那之前慎司一次也没来接过他。两人一起回家后一小时，慎司因为要模拟考就出去了，为什么那天刻意来接呢？或许不是来接他，慎司在那之前就在车站了。为什么去车站？

“你怎么这么说话？”

“闭嘴！”

慎司离开之后，那个人显得异常不安。比奈子看在眼里，悄悄对他说：“从昨天开始就那样了。慎司只要一模拟考妈妈就这样。成绩又不是今天会出来，只不过是模拟考而已。”模拟考前一天，因为母亲的期待过于沉重所以逃家了吗？

“不管你了！”

明里踢他后背。良幸下了床，枕头飞过来砸到他后脑勺。明里扔了良幸的枕头，盘踞床中央盖上被子。突然就想睡了啊。幸好扔的是枕头……良幸抚摩后脑勺。

那个人为什么打父亲呢？发生了什么不得不打他的事吗？

床上传来规律的呼吸声。这种时候竟然能立刻睡着。是哭累了吗，还是反正是别人的事？

既然明里睡了，良幸本想好好思考一下，但眼皮也重了起来。他抱住明里丢来的枕头，就这样躺在地板上闭起眼睛，什么也想不了了。

*

上午七点——

良幸因为腿疼而醒来。小腿抵在桌脚上了。他起身望向床上，明里不在。桌上有一张便条。

“你跟妈妈没有血缘关系吧。”

这是明里想了一晚上得出的结论吗？换句话说，跟凶手没有血缘关系，所以太好了，她是想这么说？问题是没有这么简单就能撇清吧。你根本就是不相关的人好吗？还摆出自己最为难的样子大哭大闹。这人脑子到底怎么长的啊！

良幸把便条捏成一团丢进垃圾桶，然后站起来捡没丢进去的便条，接着到电脑桌前坐下按下开关。啰唆的人终于走了，还是先调查一下的好。

报社网站上并没有比昨天更多的消息。到处的新闻都一样。周刊网站上登着《美人先生扭曲的爱，精英医生遇害！》，标题很耸动，但内容并没有什么不同。比奈子和慎司上的学校名字虽然没有被说出，但有照片。良幸感到反胃。私人的博客如何呢……

——这个案子也是阶级社会的弊害。社会的两极化让有钱人骄纵自负，为了满足自己卑劣的欲望就杀人。这种人应该处以极刑。

——那位太太看起来很文静，这种人反而一肚子坏水。绝对是计划好了要杀丈夫的。哇，好可怕。

——这是我同学家发生的事呢。超恶心的……不要来上学了！

——真凶是五号同学。高〇慎●。（嘿嘿，写出来了。）

胃酸从空无一物的胃中涌上。

这是什么？这些人是什么人？

良幸周围也有写博客的人。他们说把电影和音乐的感想等当日记写写，这些是日记？自恋的家伙以为废话写多了就可以成为评论家吗？

父亲、母亲、自己的家人是哪儿犯到这些人了？比奈子和慎司是被害者啊。他们俩没事吗？

手机找也找不到。被明里带走了吗？

但是现在不是生气的时候，有非做不可的事。良幸关掉电脑。

从冰箱里拿出矿泉水，一口气喝完，然后点起瓦斯炉。

首先得吃饭。然后……

晚上九点——

云雀之丘的坡道往下通到海岸边的公路，路旁就是高速客运站的候车室。候车室里算上高桥比奈子共有七人，散落地坐在三个座位一排、面对面摆放的塑胶椅子上。其他六个人是要搭晚上十点出发的蓝色巴士往大阪还是十点半出发的红色巴士往东京，从黄昏就在这里的比奈子并不知道。三个上班族模样的人瘫在椅子上，看起来像大学生的另外三人则像是要一起行动般并排坐着，各自默默地打开手机操作。

比奈子也从包里掏出手机打开，但立刻又关上。开了又关、开了又关，不停重复同样的动作，螺丝不知道会不会松掉。虽然想跟别人联络，但不知道要发短信给谁。也没有任何人发短信来。当然也没有人打电话来。

总之她给晶子阿姨发了短信，说要去大哥那里。本来是不想说的，但警察知道比奈子住在阿姨家，不知道什么时候会去找人，要是不说也会被当成跟慎司一样下落不明。但是发短信给阿姨已经过了三小时了，却没有回信。

发给大哥说现在要去的短信，也没有回音。比奈子望着售票处的空位表，往大阪的上面有两个圈，是不是该边等回音边把票买了呢？还有一个小时就发车了。

大哥过年回来的时候，说过几乎每天都待在研究室里。医学院的研究室跟医院一样都得把手机关掉吗？要是这样的话，短信就处于未读状态。他或许没看到短信。

话说回来“那个”——比奈子不想说案子——他知道吗？要是去旅行了，不在大学也不在家里该怎么办呢？比奈子想不出其他地方可去，只能坐在候车室一角发愁。拿出手机打开，再次阅读发送给大哥的短信，确认发送的号码是大哥的没错。这种内容要是误发给别人看到可就糟透了。

本来想玩手机游戏，但要是在关键时刻手机没电可不行。比奈子把手机放回包里，茫然望着玻璃门，看见上班族打扮的男人一手提着公文包，一手拿着一个大杯子。杯子好像很烫，他放下公文包换了手。自动门打开，男人走了进来，候车室立刻弥漫着一股浓重的味噌香气。

是泡面。

候车室里的人都被有个性的味噌香气吸引，偷偷瞥向坐在对面中央椅子上津津有味地吃着泡面的男人。比奈子不久之前才吃过同样的东西，但仍旧被香味吸引，朝男人的方向望去。

午饭是在去学校之前吃了几口晶子做的炒饭。在卡拉 OK 光是看到彩花剩下的薯条就反胃，完全没有食欲。但是到大阪车程约七小时，不吃点什么的话可能会晕车。早知道先买点什么就好了。候车室里的店晚上八点就拉下了铁栅，比奈子只好去车站对面的便利店。

直接穿越马路最近，但这是四线道，大型卡车络绎不绝。

还是去等红绿灯比较快。比奈子走向五十米外的斑马线时，在交错而过的卡车间看见一个高高的人影。比奈子慌忙掉头，跑过马路。顾不得震耳欲聋的喇叭声，好不容易过了马路，跑了约三十米，终于能伸手搭上穿着黑 T 恤的人的肩膀。

“慎司！”

虽然只是从远处一瞥，但立刻就能确定是他。

“姐姐……”

高大的少年无精打采地转过身，果然是慎司。

“你在这里干什么！”

慎司带着求援的眼神转过身来，但比奈子一大声他竟然掉头就跑。

“等一下！”

比奈子立刻追上去。这次两手抓住他的手腕不让他逃。

“你忘了我跑得很快吗？你可能以为自己是妈妈唯一的孩子，但我受的罪可比你多多了。”

在这种状况下脱口说出“妈妈”两个字，比奈子自己也吓了一跳。但是慎司吃了一惊的样子并没有逃过她的眼睛。

“你别想逃。跟我说清楚。”

比奈子用力抓着他，抬头直直望着慎司，慎司却避开她的视线。

“你不说话人家怎么知道！”

比奈子提高音量让自己的声音不被卡车的声音压过，但肚子突然叫起来。这样已经很逊了，连慎司的肚子也跟着叫起来。比奈子不由得扑哧一笑。慎司垂下眼睑，眼角有泪。

慎司三年前就比她高了，但现在眼前的弟弟突然显得好小。

弱鸡慎司！乖宝宝慎司！被别人取笑就哭，仍跟以前一样。

“肚子饿了就会觉得更悲惨。”

比奈子握住慎司的手，走进便利店。

“微笑超市海岸店”。这里进的商品和配置都跟“云雀之丘分店”一样。慎司那天晚上好像就在便利店。是真的如母亲对警察所说，出去散心到超市买东西的时候，“那个”发生了，还是慎司造成了“那个”然后逃了出去，要不然就是母亲对小慎说“让妈妈来处理，你走吧”，这样放走了慎司吗？

想到那天晚上的事情，慎司说不定会再逃跑。比奈子握紧了慎司的手腕，这回慎司反过来用空着的手紧紧抓住比奈子。她抬起头，慎司的视线彷徨茫然，不知道在看哪里。

他在害怕吗？本来想着找到他以后要从头到尾把事情真相问个清楚，却渐渐害怕起来。从警察那里听到“那个”的时候，仿佛像是别人的事情一样渗入脑中，慢慢才感觉到这是自家的事，但慎司说的话应该会像当头棒喝一般吧。曾经在院子里被慎司的篮球打到头，当时脑袋外面也痛，里面也痛，仿佛就要失去意识，现在可能也会这样。

大哥，怎么办才好？

比奈子期待地望着包里的手机，但没有收到信息的灯号。

晚上九点三十分——

在便利店买了泡面，加了热水之后，比奈子和慎司过了斑马线，到客运站里侧的防波堤上背对着海并肩而坐。眼前是候车室和巴士发车场，旁边沿着堤防渐渐陷入一片黑暗。以前倒闭的食品公司仓库现在变成空地，连路灯都没有。比奈子心想，就因为有这种阴森的地方，大家才说海边治安不好。

候车室里有冷气比较舒服，但她不想让人看到她和慎司两人在一起。两人的照片并没有出现在电视或报纸杂志上，应该可以安心，但一个人还好，两个人的话总觉得别人好像会发现这就是凶杀案家庭的两个孩子。而且因为被别人吃的食物香味吸引而买了同样的东西，总觉得很丢脸。

外面其实也不坏。海风吹得很舒服，穿着短袖还觉得有点凉，吃热腾腾的泡面刚刚好。

比奈子跟慎司沉默地吃着泡面。吃东西的时候不说话也不会觉得尴尬，更不用想些有的没的。筷子能捞到的面条越来越少，真是可惜。

吃完了之后该怎么办呢？听警察说慎司的手机和钱包都在家里。比奈子的钱不够买两张高速巴士的票。

“从海上看夜景应该也很漂亮。”

比奈子一边啜饮泡面的汤，一边望着车站对面的山坡。缓缓的斜坡上铺着一片光毯。

“……嗯。”慎司终于出声了。

“慎司喜欢山上还是海边？”

“都喜欢。想两个一起看。”

“要搭直升机吗？真豪华。”

“……摩天轮。”

“哎？”

“这里的空地要建摩天轮。网络上的市政布告栏上有消息。你不知道？”

“根本没看过。因为要振兴都市，打算建游乐场吗？”

“不是，只有摩天轮。”

“那观光客不会来吧？”

“但是说是日本最大的。”

“那应该很赞。能看夜景，还能同时看到山和海。”

光是想象耸立在夜空下的摩天轮就让人心跳加速。这个地方的人虽然执着于山是上流海是下流，若是登上摩天轮一并往下看，不知会有什么想法。但是……自己和慎司在摩天轮完成的时候还会在这里吗？

比奈子收回望着夜景的视线，慢慢把泡面的汤喝完。慎司也全部喝完了。母亲要是在的话会说什么呢？竟然在室外吃泡面。不，讨厌这样的可能是父亲。假日早上穿着睡衣到门外去拿报纸，父亲看见便皱起眉头。

大哥小时候偶尔会被骂。比奈子从来没有被骂过，但父亲只要皱起浓眉，比出声骂人还要可怕。慎司是小儿子比较受宠，还是他跟兄姐学习了，比奈子觉得他好像没被骂过，父亲也没对他皱过眉。

从今以后也永远不会了。

“你之前都在哪里？”

“……就这附近。”

“晚上呢？”

“网咖。”

“不是去朋友家啊。”

“没有肯在这种情况下收留我的朋友。”

“这倒也是。”

比奈子望着空空如也的泡面碗。能跟步美一边偷偷吃这种东西，一边嬉闹，是因为天下无事一切太平。

“我也没这种朋友——为什么没地方去还逃跑了？”

“因为……”

“听不见。”

“因为觉得我最好消失。”

“消失，是有人要你的命那种意思吗？”

“不是，是我好像不是我了。”

慎司说着站起来，从比奈子手中取过泡面碗和免洗筷，拿到候车室门口旁边的垃圾桶丢掉。比奈子不明白慎司的意思，呆了一下子，慎司就走远了。她慌忙要起身，但慎司并没有要逃走的意思，在垃圾桶旁边的自动贩卖机前站定，从口袋里掏出硬币，买了两种不同口味的运动饮料。

“看你喜欢哪种。”

慎司把两个瓶子递给比奈子。比奈子坐在大约一点五米高的防波堤上，站着的慎司视线却几乎跟她同高。个子这么高大，想逃也逃不掉吧。比奈子觉得哪种都差不多，正要伸手拿柠檬口味的，突然想起一件事。

“慎司你有钱啊？”

“嗯。”

比奈子想慎司没带钱包，所以在便利店买泡面时付了钱。他不会离家以后什么也没吃过吧？但吃泡面的慎司看起来并不特别饥饿。

“多少钱？”

“五千日元。”

“这么多！”

本来以为他只有口袋里的硬币，没想到有这么多钱。

“我以为你把手机和钱包都留在家里了。”

“钱是借的。”

“跟谁借的？”

“对面的阿姨。”

“什么时候借的？”

“那天晚上在便利店。”

这么说来彩花是说过那天晚上她母亲在“微笑超市云雀之丘分店”碰到了慎司。

“说清楚点。”

“我在便利店发现忘了带钱包，刚好对面的阿姨也在，我就跟她借一千日元，她说没有零钱就借了我一万日元。”

“即便跟别人借钱也要买东西吗？”

“那也不是……”

慎司迟疑着低下头。就算忘了钱包，除非是逼不得已，否则比奈子绝不会想要跟对面的阿姨借钱。要是有非买不可的东西，虽然要爬坡有点痛苦，还是可以把东西寄在柜台，回家拿钱不是吗？

制造不在场证明。脑海里浮现只在电视跟小说里出现的名词。慎司那时为了让人记得他在便利店，故意借钱。碰到对面的阿姨估计只是偶然。就算没碰到，在柜台说忘了钱包，也能让店员留下印象。但是要是店里有认识慎司的人，跟那人说话效果绝对更好。

那慎司为什么需要不在场证明呢？

“慎司，我要问你一个问题，你要老实回答。”

比奈子双手抓住慎司的右腕，慎司抬起头，用带着怯意的眼神望着比奈子。

“杀死爸爸的是谁？”

比奈子的话让慎司再度低下头。

“回答我！你知道自己不能永远逃避，所以才让我抓到的不是吗！”

比奈子用力收紧了手。

“我小学的时候跑得的确比你快，但是我根本不运动，怎么可能比得过你这个篮球队队员。我知道你一开始就故意放慢速度。既然这样你就老实说。”

“应该是……妈妈吧。但是那样的话，我想是我的错。”

看起来不像是在说谎。真的是母亲吗？这样的话该怎么办呢？

比奈子转开视线，看见停车场开进一辆巴士。蓝色的车身，往大阪的。

“慎司，我们去大哥那里吧。”

比奈子扯着慎司从防波堤上跳下来。

她拉着慎司的手，进入候车室，到自动售票机前打算买票。

“今天是七月五日星期五，晚上十点，始发站S市，终点站大阪……”

比奈子一边喃喃念着，一边输入必要的项目，然后掏出钱包。但慎司伸手过来按了取消键。

“你干吗？”

“不会打搅人家吗？”

“谁？”

“大哥啊。”

“为什么？”

“因为大哥他……”

不是妈妈的儿子。慎司想说的是这个吧。但是没有其他可以依靠的人了。跟慎司两个人在一起就像是背着沉重的包袱，但是在街对面看见慎司的时候还是高兴得要命。虽然仍旧怀疑慎司，但现在比一个人在候车室的时候安心多了。这是为什么呢?

“慎司不用担心。而且我也不是想要兄弟姐妹合力怎么样。我是想要分开。但大哥是跟我们一起长大的，所以总该承担一些义务吧。”

“但是……啊！”慎司叫起来。

“怎么了？”

比奈子停下脚步，顺着慎司的视线望去。

“大哥！”

比奈子冲向前，慎司紧跟在后。

停在停车场的蓝色巴士上下来的乘客中，有良幸的身影。

【七月四日（星期四）晚上九点二十分—七月五日（星期五）晚上十点】

小岛聪子 Ⅱ

喂、喂，我是小岛。

啊，阿真！是阿真吧。你是担心妈妈所以打电话来吗？里奈真是的，马上就跟你说了。妈妈吩咐过里奈说阿真工作很累，叫她不要跟你说的。

你还好吗？有没有好好吃饭？要我寄什么东西给你吗？

妈妈很好。待会儿也要去手工教室。每次送去的成品都是给里奈的，你不会不高兴吧？

其实想替阿真做漂亮的领带，但我们成员都是女性，做来做去都是女用的东西。我跟老师提过要做男性用品，老师说只有小岛太太有想要送礼的男性对象，结果还是没做。

案子的事情？嗯，我跟里奈说的你全部知道了吗？啊，也去网上查了呀。不愧是阿真，只要想知道立刻就去查。在那之后没有什么特别的情况，这附近最近很安静。

嫌犯被捕了。她好像也跟警方说了案发的经过，所以也用不着来问附近邻居了吧。

我本来以为电视会报道个好几天，但是昨天别处发生了类似的案子，嫌犯持刀逃亡，所以电视跟报纸的记者八成全跑到那里去了。

高桥家现在一个人也没有。孩子们都在亲戚家还是旅馆，反正在别的地方。最小的儿子慎司行踪不明，但后来也没听说到底下落如何，找到了没有。

阿真知道慎司吧。小学的时候不是偶尔会教他们家的哥哥良幸功课吗？阿真从前就是个好孩子，很会照顾别人的。妈妈好骄傲。

所以你打算什么时候回来？

不回来？

怎么回事？工作稳定了之后再回来也可以啊。你上次电话里不是说最近可以把积攒的假休一休回国来吗？对啊，过年打来的时候。我重新装修了房子，让阿真跟里奈可以住得舒舒服服的。厨房也有两个呢。

哎？要去里奈的娘家？可以放松心情是什么意思？为什么自己家不行？这里不是阿真的家吗？

难道是因为发生了凶杀案？

喂，阿真，阿真，不要挂电话啊——

第五章 远藤家

下午三点——

购物中心的美食广场开始播放着轻快的音乐。坐在入口附近打盹的远藤真弓睁开眼睛看手表。这大概是点心时间的信号吧，美食广场比她刚才来的时候热闹多了。她喝了一口纸杯装的咖啡，举目四顾。

穿着眼生制服的女孩们一边喝果汁吃薯条，一边高兴地聊天。跟彩花差不多大，都是中学生吧。应该还没有到放学时间，但她们看起来也并不像是逃学。真弓听到“第二题答案是A”之类的话，这些孩子的学校已经开始期末考试了吧。虽然如此，并不觉得她们很紧张，反而好像很愉快。

成群的男生也出现了。真弓不由得站起来，但又慌忙坐下，装出若无其事的样子继续喝咖啡。

慎司不可能在他们中间。同样是衬衫长裤，但跟慎司学校的制服完全不同，而且慎司也不会那样松垮垮地穿着裤子。

上午听到小岛聪子说“慎司行踪不明”之后，真弓就一直坐立难安。慎司把钱包和手机都放在家里，是真弓给了他一万日元。要是慎司在遥远的城市自杀或是危害他人，那真弓给了逃犯资金，可能也会被问罪。

真弓连打开电视都不敢，但一个人坐在静悄悄的房间里，就不停地想象慎司做出最糟糕的事。待在家里感觉要发疯了。

慎司未必会走远。去找他吧。

真弓开着车先在云雀之丘跟慎司的学校附近打转，然后开下坡道，慢慢在市内行驶。

只要看见年轻的男孩子好像都是慎司。但真弓放慢车速摇下车窗确认，都不是慎司。还有人满面嫌恶地回瞪她。

到车站跟客运站的候车室去找，也没看见慎司。他是离开这里到别处去了吗？真弓看着列车时刻表，有一万日元的话可以到很远的地方去。

寻找盖房子的土地的时候，都没有这么仔细搜寻市内的每个角落。搜集传单，想象在那里生活的情形，但实际到当地去看，到处似乎都一样。说是怎样怎样的环境，反正只是花几个小时就能绕一圈的地方，大部分的人都挤在同一个地区生活。

到底发生了什么事呢？这样也没办法找到慎司的。就算找到了又怎样？说跟阿姨一起回去，还是说还我一万日元？真是——不要再想了。

疲累的真弓想起自己还没吃午饭，便开到公路旁的购物中心。在美食广场吃了蛋包饭，喝着咖啡，觉得心情稍微稳定了一点，就打起盹儿来了。

虽然真弓心里想着不要找了，但看见年轻的男生还是不禁仔细看是不是慎司。这样简直就是变态大婶了啊。这个时间学生只会越来越多。得在那之前回家。

真弓一口气喝完冷掉的咖啡，从皮包里拿出手帕的时候，看见手机灯在闪，是彩花的班主任。她留言说："今天也早退了。"这是连续第三天了。昨天傍晚彩花兴高采烈地看电视，真弓心想可能只是白天的时候热到的，难道真的身体不舒服吗?

难得来一次购物中心，就买点跟平常不一样的食材回去，做点东西给彩花打打气吧。

下午三点三十分——

远藤启介在三坪的房间里贴着没有花纹的纯白壁纸，心想彩花房间里的壁纸是什么模样呢?

客户的儿子好像跟彩花一样是初中三年级的学生。想让儿子专心准备考试，所以在暑假前把房间里脏污的旧花纹壁纸换成没有花纹的新壁纸。

蓝天白云的旧壁纸上贴着海报跟时间表，还有多处被阳光晒得褪色的痕迹。别的墙面在跟启介的头差不多高的地方有许多擦痕。客户的太太咯咯笑着对启介说，儿子上小学的时候常常练习倒立。

要是彩花房间的壁纸也留下这样的伤痕，真弓能这样笑着解释吗?

想这些也是没用。启介根本不知道彩花在房间里干什么。不仅如此，彩花房间里的家具配置、墙上是否贴着海报或时间表，也都不清楚。壁纸是什么颜色、什么花样，根本想不起来。搬家之后他一次也没去过彩花的房间。

这几年几乎连话都没有怎么说过。

老爸不要说话、到旁边凉快去、跟我说话也没用。

无论跟她说什么，她回的都是这些，但启介并不觉得应该怪罪她。虽然这些话并不好听，但也用不着生气。

启介从小就不喜欢批评别人的言行，可能是因为他跟啰唆的姐姐一起长大的。鼓起勇气劝诫她，只会被加倍骂回来，那还不如根本不要开口的好。跟不听别人劝的人说什么都是白搭。

他对真弓和彩花的态度也是如此。真弓也讨厌争长道短，从来没有跟启介吵过架，但是只要提到房子的事情就会激动起来。启介也想有自己的房子，但没有真弓这么执着。

家就是一切，这就是真弓的想法。平常都过着平和的日子，但只要一提到房子，气氛就紧张起来。要尽早摆脱这种紧张的气氛，就非盖自己的房子不可，因此启介用心寻找真弓可能会喜欢的房子。

所以听说云雀之丘有土地，就想还是跟她提一下好了。就算买了地，盖的房子也一定无法跟周围的豪宅相比，高昂的管理费也会成为家计的负担。

但是真弓乐得手舞足蹈。

“跟你结婚真是太好了。”

真弓搂住他这么说，这是第一次也可能是最后一次。买下云雀之丘的土地之前，启介说：“靠近海边的地区风评也很好，要不要去看看呢？”真弓完全充耳不闻。

即便如此，随着自己装修建造的房子完成，夫妇的梦想终于实现，启介感到很满足。

从此之后就能幸福快乐地生活了。

房子虽然小，但一切都按照真弓的坚持完成。搬入新家的当晚，真弓说了要彩花考私立中学的事。

彩花并不如真弓所想的那样优秀。她跟启介一样，是个胆小文静的孩子。

但是要是这么说出口，彩花就好像真的不成材了，所以启介什么也没说。住在高级住宅区，每天跟自己说我们是住在这里的人上人，说多了或许彩花真的能变成优秀的孩子。

启介多少也抱着这种期待。

但是现实哪能这么称心如意？彩花没通过入学考试，变得自怨自艾。一点小事就抓狂，满嘴没大没小的污言秽语，但启介明白彩花的心情。

彩花用这种方式来保护自己。启介是什么时候注意到的呢？正因如此，无论彩花说什么，他都可以一笑置之。但昨夜她那是什么态度？

一边看对面人家案子的新闻报道，一边捧腹大笑。吃饭的时候也不停地用手机输入信息，还不时兴奋地大叫：“真是杰作！”

“彩花，吃饭的时候不要玩手机。”

真弓虽然这样告诫她，但彩花完全不予理会。真弓对他说：“你也说说她。”启介没办法只好跟彩花说：“不快点吃，妈妈会生气的。”

彩花“扑哧”笑出声来，嘻嘻哈哈地对启介说：“妈妈生气了会把我杀了吗？做那种事人生就完蛋了，对面的阿姨刚刚不就证明了这一点吗？妈妈不会也这么笨吧。”

启介跟真弓都无话可说。分明有洗碗机，真弓却花时间把锅子碗盘都用手洗了，启介则花了比平常更久的时间洗澡，然后立刻上床睡觉。

对面人家发生的不幸事件让彩花引以为乐。她分明不是这样的孩子啊。

果然不应该把家建在这种地方。

下午四点——

上坡路从来没有这样轻松愉快过。远藤彩花一边回味刚刚在卡拉 OK 和比奈子在一块儿的那一幕，一边哼着歌往上爬。从来没有这么高兴的事。这个世界真的是公平的。就算上的是贵族学校、住在豪宅里，但既然是杀人凶手家的小孩，这辈子就不可能幸福了。比奈子一生都得忍受别人在背后指指点点，咬牙活下去。

扭曲了彩花世界的坡道，从现在开始不过就只是一条路而已。

昨天好像有交通管制，警方跟媒体的车把云雀之丘塞得水泄不通，但今天却好像什么事也没发生一样恢复了平静。本来以为还会多闹几天的，彩花甚至打算接受电视或者杂志记者的采访，真令人失望。

彩花来到自家附近，习惯性地向左看。平常都期待能看到慎司，虽然现在已经不抱希望，眼前的光景却不同往常。彩花目不转睛地盯着高桥家。

太赞了。

拉下铁门的车库和一直延伸到大门的高耸的焦茶色石墙上贴满了不知多少张纸。

去死吧！

杀人凶手！

不要脸！

滚出去！

全家自杀吧！

是中伤传单。白纸上用粗马克笔写的潦草笔迹，也有书法般的笔迹，以及用打印机打印的，书写方式不同，纸张的大小也不同。

早上出门的时候并没有这些玩意儿。才过了半天就变成这样，是谁干的啊？彩花抬头望着石墙上方，二楼后面房间的窗户玻璃好像破了。早上的时候窗户还好好的。

虽然很不甘心，但每次出门都看向二楼的房间已经成了习惯，所以绝对不会错。

中伤传单、打破窗玻璃——这些都在电视上看到过。发生凶杀案的房子变成这样是理所当然的。但是这种恶意破坏应该是半夜进行才对。竟然有人会在日正当中的时候大刺刺地动手，脑子到底是怎么长的啊！

彩花四下张望，到处都看不见人影，也没有声音。看热闹的无聊人士会为了攻击发生凶杀案的人家，光天化日之下爬上坡道干这种事吗？如果那样的话，云雀之丘的居民一定会看到的。还是这附近的人串通起来贴的吗——为什么呢？

因为平静的生活起了波澜。

因为恐惧害怕。

因为玷污了高级住宅区云雀之丘的名声。

或许干这事的人并不觉得这是中伤，他们可能认为是抗议。自己做的事并没有不对，所以才能在大白天公然行事。

滚出去！

彩花望着红色马克笔写的大字，想起了慎司的话。

“你们家是后来才搬来的。要是觉得麻烦，搬家不就好了？”

分明是因为慎司才被取笑的，但慎司对彩花一点歉意也没有。“云雀之丘最小的房子”，一定是慎司跟志保的朋友说的。这话传到志保耳朵里，让彩花丢脸丢到家了。

然而慎司却用轻蔑的表情说出那种话。

所以才会发生凶杀案啊。

我们家的事是事实，慎司或许不需要道歉。但是他家发生了凶杀案，首先得跟邻居道歉不是吗？！

三更半夜救护车来了，警车也来了；天亮之后媒体转播车也来了，还上了电视跟报纸，给大家添了不知多少麻烦。

在这里的居民面前下跪，流着眼泪说：“各位邻居，打搅到你们真的非常抱歉。”不这样的话，难以解人心头之恨。

这些传单是云雀之丘居民的心声。只要是这里的居民，谁都有权利抱怨。

彩花一张一张地看过去，真觉得一点没错，就是这样，渐渐兴奋起来。高桥家全家滚蛋就好了。不，根本一开始就不应该住在这里。

这样的话，就算是云雀之丘也能住得比较心安理得。

彩花低下头，看见脚边有块比拳头稍小的石头。她把石头捡起来，抬头望着二楼的房间。

慎司的房间。每天晚上都透出灯光的窗户到底是谁打破的呢？他家有那么多房间，随便打破别的不行吗？打破慎司房间窗户的权利，应该是我的。

窗户已经破了也无所谓，照样可以朝慎司的房间丢石头。对着慎司丢石头。彩花举起手。

汽车喇叭声突然大响。

彩花吓得心跳都要停止了，转头一看是母亲的小车。

挡风玻璃后的母亲目瞪口呆，好像看见外星人一样瞪着彩花。

下午五点——

尼龙围裙仍旧放在餐桌上，买回来的冷冻食品应该要快点放进冰箱才对，但真弓一直无法从椅子上起身。她的脸颊发烫。虽然开了冷气，但从案发当晚以来就没开过窗子的室内蒸着热气，老是凉不下来。

腋下流着汗，但并不是因为天气热。

彩花扔东西的样子，早就看得太多了。然而进屋之后心脏仍旧猛跳个不停。是有什么不一样呢？因为在外面看见所以吓了一跳吗？

不对，是她的表情。

在屋里抓狂的彩花是要发泄心中的不满。总是像要哭出来一样，好像难受得无法忍耐，正因如此所以总觉得："没办法，只好由她了。"但是刚才看见正要扔石头的彩花脸上完全没有那样的表情。

按了喇叭跟彩花四目相对，但彩花立刻移开视线放下手，把石头扔在路旁冲进家里。

幸好在千钧一发的时候阻止了彩花。真弓才松了一口气，下车却看见高桥家二楼房间的窗户破了。

晚上起来的时候总看见亮着灯的房间。每次看见都很佩服，不知是比奈子还是慎司念书念到很晚。彩花看见的时候，心里应该有别的想法吧。

就算是这样，也不该做那种恶劣的事。

比破掉的窗户更触目惊心的，是从车库门开始贴得满墙都是的中伤传单。出门之前还没有的。真弓知道对面人家发生凶杀案之后，脑子里就全是这幅影像。

她在电视剧里看过这种场景，也看过服刑中的杀人犯的家里遭人纵火的新闻。电视画面上烧毁的墙上满是用喷漆喷上去的中伤涂鸦。

她也亲眼见过，虽然并不是凶杀案。小时候住的公寓有一户人家的门上贴了写着"变态"的纸张。那是当内衣窃贼的上班族住的地方。他家的女儿比真弓大一岁，每天一起上学，但次日早上开始真弓就一个人去学校了。是真弓避着她，还是她不再来找真弓，现在已经想不起来了。但真弓还记得自己心想幸好不是跟她同年级。

内衣窃贼就那样了，凶杀案当然更加不得了。看着电视上的高桥家，真弓内心非常不安。播出他们家的样子，不就等于是跟毫无关系的人说“要恶作剧的话就去那里”吗？

从稍远的地方拍摄的画面，连真弓家也拍了进去，有打马赛克就是了。

要是人家搞错了，到我家来破坏可怎么办？真弓甚至这么想着。

但案发之后已经过了两天，高桥家并没有遭人破坏的迹象。

要对围着厚重高墙的豪宅出手，果然会令人迟疑。不，不是那样，高级住宅区的形象让做这种恶劣事情的人却步。想恶作剧的无聊人士就算来了，云雀之丘的气氛也会让他们无法动手。

真弓本来是这么觉得的。但现在这是怎么回事？

光天化日之下干的。

到今天才下手，多半是因为警察跟媒体都不在了吧。彩花是看见这些字条才扔了石头吗？回想玻璃破碎声的快感，拿起了第二块石头吗？

房子未免太可怜了。

真弓望着打破的窗玻璃，感觉背后有人在看，便转过身。

是小岛聪子。她躲在大门的阴影中看着这里。她穿着漂亮的洋装，可能是要出门，小包还是跟以往一样。真弓跟她四目相对。真弓以为她要过来，不禁僵住了，但聪子却移开视线，进入屋内。

怎么回事啊？真弓本来以为她会来说真是恶劣、是谁做这种事之类的，紧张了半天，但她假装没看到反而令人奇怪。

她可能知道玻璃是彩花打破的。破得那么厉害，声音一定很大。聪子听到声音一定会出来看的。

就算是发生凶杀案的住宅，丢石头还是一般人不会去做的行为。聪子一定充满了轻蔑。

真弓自己也是，要是那个孩子丢了石头，一定会看不起那个孩子，不，看不起她的父母。

或许还有别的邻居看见了彩花，正躲在暗处轻蔑地望着真弓。

真弓逃进自己家里。

室内终于凉快下来，但真弓的面颊仍旧是烫的。

下午五点三十分——

启介喝了一口咖啡，觉得真好喝。壁纸换完之后，客户在客厅准备了点心：热咖啡和巧克力蛋糕。启介被请去用点心。他正在跟客户说明如何保养壁纸的时候，两个孩子一起回家了。

姐弟两人穿着高中跟初中的制服走进客厅。启介认得姐姐穿的制服。客户对孩子们说："你们两个去洗手。这位叔叔替弘树的房间换了壁纸，快点道谢。"

孩子们走到启介旁边一起低头鞠躬。

"谢谢您。"

"别，别客气……"

孩子们有礼貌地郑重道谢，启介半站起来对他们点头回礼。两个孩子走进厨房。

“弘树的房间没有蓝天啦。”

姐姐这么说。蓝天的壁纸从房间四面一路贴到天花板上，一进房间会有种飘浮在天空中的错觉。彩花的房间也贴这种壁纸的话，可能会让她心情轻松一点吧。启介在把旧壁纸撕下来的时候心里这么想。

“我明年就上高中了，带女朋友回来的话蓝天壁纸不是很丢人吗？”叫作弘树的男孩说。

新壁纸是没有花纹的白色。为了让污痕不那么明显，颜色稍微有点灰，在明朗中透着沉稳的氛围。启介全部贴完之后望着房间，觉得要是彩花的房间贴这种壁纸，应该也能让她沉稳一些。

姐姐切了放在餐桌上的蛋糕，弘树倒咖啡。

“考试之前还想交女朋友，你可真有空。还是已经有女朋友了？”

“没有啦——对了，姐姐，你回短信了吗？”

“回给谁？”

“就是那个谁啊，不要逼我说。”

“——还没。”

“干吗啊，没想到姐姐是这么无情的家伙。”

“因为不知道要回什么啊。打起精神来？有什么事情都可以找我谈？来我们家也可以？我觉得不管回什么都会伤害她。”

“但是完全没有反应不是最伤人的吗？”

“你少一副自以为了不起、什么都懂的样子。既然如此，你发短信给她啊。难道弘树喜欢比奈子？”

“胡说什么。因为她是姐姐的朋友我才担心的。”

听到比奈子这个名字，启介转向姐姐的方向。他们是在说对面人家的孩子吗？制服是一样的，S女校的制服。真弓说过“想让彩花穿上那种制服”。

“你们两个，有客人在，不要这样。”客户训斥了两个孩子，然后对启介说，“不好意思。”

“没事。姐弟俩好像感情很好呢。我只有一个女儿。啊，这蛋糕真好吃。”

“您这么说我真高兴，是我自己做的。您喜欢的话，带回去给令嫒吧。全都让我们自己吃了的话，卡路里就过量了。”

客户没等启介回答就站起身走向厨房。父亲带着别人送的手工蛋糕回家，彩花会高兴吗？

“爸爸那份太大了吧。”

“就是，他有代谢症候群的。”

“没关系，可可对身体好。”

启介望着围着餐桌的三个人。这个家庭一定不会出事。家里孩子年纪相仿，生活环境也类似，为什么有些家庭会出事有些不会呢？

不对，杀害丈夫的是妻子，所以是夫妻问题。但是，原因却是儿子。

晚上六点——

彩花发泄没丢成石头的闷气，在手机网站的留言板上写慎司的坏话。她从昨晚开始已经留言好多次了。

但是彩花的留言只要过几分钟就会被新的留言盖过，一下子就看不到了。无数的留言中似乎有些是认识的人写的，但绝大部分都是跟高桥家完全没关系的人。全是些抽象的臆测。

这些人根本没有感到任何不便，为什么还能一副了不起的样子来留言呢？正因为是对面人家发生的事情，彩花才死命地留言。她从来没对别的事件发表过意见，因为根本没兴趣。

但是在阅读这些留言的时候，彩花觉得这才是最好的制裁方式。犯下了案件，被警察抓了、法院判刑，光是这样的话不算受到制裁。电视跟网络全国报道、被不认识的人中伤、被社会葬送。不只是凶手，连凶手的家人和亲戚都明白这是无法挽回的大错，这样才能深刻反省吧？

这上面写的关于慎司跟比奈子的事，他们也不得不诚心接受。

活该。

这里也这么写着。就是因为以为自己高人一等，目中无人，才会发生这种事。一点没错。

就因为那种态度才会引发那天晚上的事。

对面人家的凶杀案是我引发的。我诅咒下坡的慎司发生不幸。我的愿望实现了。

彩花回想起案发当天的情形。

那天回家之后，慎司的话仍在脑中萦绕不去。

彩花原来以为只有脑筋不好的笨蛋才会取笑别人，瞧不起别人。她只是没机会跟慎司说话，只要有机会，他一定会和蔼地对待自己。想象中的慎司对彩花非常亲切。

就算在学校有不开心的事，就望着跟慎司很像的俊介海报，想象自己跟慎司抱怨。无论彩花说什么，慎司都会说，这真是太糟了，连连点头说我明白，最后则说不是彩花的错，别介意。

但是对慎司的不满无法以俊介的海报消除。海报上腼腆的笑脸越看越有气。听见母亲说“饭好了”就立刻下楼去。

吃饭的时候一向都要看电视。一家团圆这种事根本想也没想过。父亲回来吃晚饭，一星期大约三次，三人聚在一起或跟母亲两个人，都完全没有话说。一边看电视，一边随口聊两句就可以了。

父亲没有回家，彩花就跟母亲两个人吃晚饭。电视转到每个星期都很期待的益智猜谜节目，特别来宾高木俊介出场了。本来想换频道的，但母亲也很爱看。节目都开始了，若是换频道一定会问：“怎么了？”实在太麻烦了，所以就放着了。

俊介虽然长得像慎司，但是脑袋不一样，益智问题一定答不出来的。

但是高木俊介一一解答了难题。搞笑艺人吐槽说：“这是怎么回事啊？”主持人说俊介在上有名的私立学校，有名大学的附设中学。“好厉害啊！”现场欢声四起。坐在对面的母亲也发出同样的赞叹。

“俊介真厉害啊，脑筋这么好，怪不得演技也出色。台词什么的一定很快就背起来，也能完全融人剧情吧。又会唱歌，又会跳舞，总之聪明的孩子做什么都没问题。”

母亲佩服地这么说着，深深叹了一口气。

又叹气。我知道你想说什么。

“反正我就没考上！”

叫喊的瞬间，本来应该是平坦的桌子在彩花眼前倾斜了。杯碗瓢盆都朝彩花滚来。彩花挥手把这些东西都扫开。

冲回房间，乱扔书桌上的东西。房间倾斜了，桌子倾斜了，一切都朝彩花滚来，好像快被墙壁压扁了。不要过来，不要过来。彩花把字典、教科书、铅笔盒都扔到地上，这样才不会被这些东西袭击。

不要把我当傻瓜！

志保、班上同学、慎司、母亲，连俊介都——

谁要这种海报！

彩花望着书桌旁边的墙壁。那天撕破的俊介海报被扔到垃圾桶里了。虽然是稀有物品有点可惜，现在想起来后悔，但海报这种东西再买新的就是了。

墙上的粉红色格子壁纸也有刮痕，看起来真寒酸。要不要贴上杂志附的海报遮掩一下呢？不，让父亲重贴好了。反正那个人也只能做这种事。这次要换怎样的壁纸呢？配合新壁纸也把窗帘换掉吧。母亲会啰里啰唆地要替她选，这次完全不让她插手。

要不要再去留言呢？

彩花打开手机。才过了十分钟，留言板没有什么变化。顺便也说说高木俊介的坏话好了。

——他老是演些愿意听人诉说烦恼的好人角色，其实心里根本瞧不起人的态度太明显了，看着就想吐。演技真是烂到爆。

彩花一边哼着歌，一边按下发送键。倾斜的景色似乎稍微平坦了一些。

晚上七点——

微波解冻的炸鸡、生菜沙拉、味噌汤，这是打工疲累的时候常常准备的晚餐。

真弓在楼下叫彩花吃饭，平常都叫半天不来，今天却立刻下来了。彩花坐在桌边，拿起电视遥控器，转到歌唱节目的频道。真弓盛了饭放在她面前，她望向电视拿起筷子。

彩花夹了一块炸鸡吃下去。冷冻炸鸡口感很差，平常彩花一定要抱怨的，但今天只默默地伸手拿味噌汤碗。她是累了吗？

真弓坐在彩花对面，拿起筷子。

“彩花今天也早退了吧。”

“你怎么知道？”彩花看着电视说。

“老师给我手机留言了。说今天已经是连续第三天了，你觉得怎么样？有没有量体温？不去看医生没关系吗？”

“太夸张了吧。只是有点不舒服而已。”

彩花夹了块炸鸡塞进嘴里。

“但是以前你都没有早退过啊，而且还连续三天。马上要期末考试了，明天不用上学吧。妈妈明天上晚班，上午去医院吧？”

“烦死了！”

彩花“砰”地放下筷子，用力叹了一大口气。

“你也看看情况好不好！我现在不是正在吃饭吗？要是不舒服的话吃得下炸鸡吗？你这个人老是这样。根本不好好看我的样子跟脸，就只会装装样子说这些话。要是真的担心的话，做饭以前就应该问我吧。自己省事做这种偷工减料的饭菜，就不要说好像在担心我的话。”

“怎么这样……”

真弓本来想做彩花喜欢的汉堡，还买了新发售的奶酪，心想她看见融化的奶酪从汉堡里流出来应该会开心。但是，是彩花让她没力气做饭的。而且她自己做了那种事，丝毫没有后悔的样子，还敢大剌剌地说这种话。

“算了。电视都听不见了，不要说了。”

彩花把电视音量一下子调大。真弓不由自主地想掩住耳朵，但是唱歌的是高木俊介。

“啊，新歌。”

真弓想缓和下气氛说道，彩花“啧”了一声，换了频道。动物节目。好几只小猫在一起玩耍。彩花对动物根本没兴趣的。

彩花拿起放下的筷子，刺向炸鸡块。她望着筷子上刺的肉，嘻嘻地笑着。到底有什么好笑的？真弓完全不明白。

“哎，彩花啊，学校发生什么事了吗？”

“没事。”

“但是大家都知道对面发生的事了吧？有没有人对你说了什么不好听的话？”

“没有。他们根本不知道我住在云雀之丘。”

彩花拿起筷子，把炸鸡整块送进嘴里。

“但是上次你们班的志保到家里来了啊。”

彩花睁大了眼睛，用麦茶冲下嘴里的炸鸡，呛了一下。

“你为什么现在才告诉我？”

“什么事？”

“为什么志保来的那天你没有说！”

彩花用两手拍桌子。

“我忘记了。”真弓抱歉地说。

但她不知道彩花为什么生气。当时志保说“我弄错了”，所以显然不是来找彩花的。

“你就是这种地方讨人厌！已经老年痴呆了吗？你知不知道你害我丢了多大的脸？都是你死要面子把房子盖在这种地方，害我被志保和班上同学耻笑，连杀人凶手家的少爷都看不起我！”

彩花坐着把桌子朝真弓一掀，味噌汤碗倒了，弄脏了真弓的上衣。

她按到抓狂开关了吗？

但是彩花并没有进一步的行动，完全不理会真弓，开始吃沙拉。味噌汤已经冷了，并没有烫伤，但是沾湿的地方感觉很难受。

然而现在顾不了这些。她说杀人凶手家的少爷——

“彩花，你今天碰到慎司了吗？”

“啥？怎么可能今天碰到他？是星期三的早上。但是今天碰到了比奈子大小姐。”

“碰到比奈子了？在哪里？”

“便利店。她在看泡面。”

“买了几人份？”

“不知道。干吗问这个？应该会连高少的份一起买吧。你这种迟钝的人绕着圈子说话更显得蠢，还是不要这样了。”彩花轻蔑地望着真弓笑道。

“因为说他失踪了啊。总会担心他上哪儿去了。”

“你干吗那么担心高少？”

“案发当晚妈妈在便利店给了他一万日元。他说忘了带钱包。”

真弓本来打算在找到慎司之前保持沉默的，但还是说出来了。她觉得老实说出来的话，彩花也能明白自己担心慎司的心情吧。

“真是不敢相信！平常会给那么多钱吗？没有零钱的话，让店员找开不就好了？”

“因为是对面邻居，而且他说第二天早上就会来还的。”

“他来还了吗？”

“那是因为……发生了那种事。”

“你是白痴吗？就是因为发生了凶杀案才逃走的。虽然忘了带钱包，总之先去便利店逛逛。然后你出现了，刚好当冤大头。啊啊，真是蠢死了。”

彩花非但不明白，还满脸轻蔑。叫她去便利店的不是彩花吗？彩花要她买生理用品，所以才不好意思跟慎司要买的东西一起结账。

“你真的太低级了。”

那看不起真弓的表情跟真弓傍晚在外面见到的表情重叠了。

“靠，你还真能这样活下去，脑袋里的螺丝是不是松了啊？”

彩花笑着看她沾了味噌汤的上衣。这也是彩花的错。然而她非但不道歉，还取笑母亲，这个孩子到底是怎么了？彩花这样启介也不管，所以她才越来越嚣张。

还是非说她不可。

“用石头丢别人家的房子才真的太低级了。”

“啊？”

“对面人家的窗户破了。”

“哦，那个啊。”彩花毫不在意地回答，看见真弓谴责的表情，反而怒瞪回去。

“你是怀疑我吗？”

“你手上不是拿着石头吗？”

“但是不是我。”彩花生气地说。

但亲眼看见的真弓无法相信她，临时编出来的借口听得太多了。

“你那表情是什么意思，自己的孩子都不相信？你不是信任对面邻居的小孩吗？你也以为那些纸是我贴的？”

“那……”

应该不是彩花。短时间内一个人要准备那么多不同的传单然后贴上是不可能的。不，还是她跟同学一起做的呢？在学校的话，有纸也有马克笔，还能用电脑。她或许是跟篮球社的朋友讲好了，早退回来贴，然后扔了石头。

“一个人可能办不到。但是彩花，就算是发生了犯罪事件的人家，就算是大家一起干的，破坏别人的住宅，可能你也会成为罪犯的。”

“都说了不是我了！”

彩花双手拍在桌子上，猛地站起来，拿起装炸鸡的白色盘子往地上扔。盘子破了，碎片四散。

“不要这样！快住手！彩花。”

“不是我！”

彩花大声尖叫，把伸手可及的东西都扫到地上。餐厅并没铺能吸收声音的地毯。

彩花的手伸向放在饭桌中央的观叶植物——

晚上七点三十分——

启介搭公交车上下班。他在离微笑超市云雀之丘店的路口几米处的公交车站下车，走上云雀之丘的坡道。看见邻居车库里的高级车，常会想着住在云雀之丘搭公交车上下班的，估计只有自己吧。但他并不想开高级车去上班。有时候会想直接把公司的小货车开回家算了，但那是禁止的。

启介喜欢装修公司的工作。装修新房子也好，重新装修旧房子也好，都能看见在那里生活的人的笑脸。启介的生活重心在公司，他觉得家里只是回去休息的地方而已。而他家刚好在云雀之丘。

启介一手拿着装有手工蛋糕的纸袋，走上坡道。客户用有名的巧克力店的纸袋装蛋糕，好像是要讨彩花欢心一样。

昨天晚上这里还挤满了警车跟媒体的车辆，才经过一天就空空荡荡了。启介在办公室整理东西的时候，看见电视上别处人家发生凶杀案的报道。嫌犯是家里的次男，他持刀逃走，引发一场大骚动。

大家忘了云雀之丘的事最好。

接近自己家的时候听见前方传来“当”的一声，像是玻璃碎掉的声音。启介定睛一看，有人站在路边，腰边的东西在路灯照射下闪闪发光。那人正要对着高桥家丢东西。

“小岛太太！”

启介不假思索地叫出声来，自己也吓了一跳。小岛聪子把石头扔在脚边，望向启介。

“啊，远藤先生，回来了啊。”

她微微笑着，完全没有打算做坏事的样子。启介抬头望着高桥家。二楼的窗户破了两处。从车库门到围墙上贴满了不计其数的中伤传单。全部都是这个人干的吗?

启介望着聪子。

“这是云雀之丘妇女会小小的抗议。”聪子对启介说道，望着高桥家。

“云雀之丘不只是历史悠久的高级住宅区，像这样沿着山坡的建筑，出入一定要上下坡道的地方非常不方便。以前就住在这里的人大家都努力贡献。赚了钱也不到下面花，在这里买土地，建更大的房子。这样累积了数十年，云雀之丘的地价才高起来的。高桥先生家是十八年前盖的吧。他是借着再婚的机会搬到这里来的。他是医生，孩子们也都优秀有礼貌，这里的邻居都很高兴有这样的好家庭搬来。这里又安静又平和，真的是个好地方。但……”

聪子用双手捧起小包，爱怜地望着，然后递给启介看。

“这个小包是我的宝物。在高级的天鹅绒上只用一条丝线，把亮片一片片地细心缝上。缝制很辛苦，选亮片更辛苦。虽然是向有名的法国公司订购的，但是每几十片里就有一片有肉眼很难看见的小伤痕。那些瑕疵品不能用，非得仔细挑出来不可。用我这双老眼精挑细选呢。为什么非得这样不可？因为完成之后要是有一片坏了，是没办法只把那片取下来的，旁边的也都得拆掉。就算换掉的亮片只有一片，也就不是一条丝线缝成的了。那样的话就变成普通的小包，毫无价值了。您明白这意思吗？”

启介完全不明白。但是聪子径自说了下去。

“只要打出‘云雀之丘’的名号，就可以用高价卖出，所以建筑商进一步开发山地，盖了更多的房子。您家也是呢。与其说是繁荣，不如说是变嘈杂了。不能破坏以前的居民累积起来的成就，这是后来的人必须遵守的最低程度的规矩吧？我是这么觉得的。但是竟然发生了凶杀案。这是从前就住在这里的老居民的抗议。”

启介忍着不叹气。

这是实施犯罪行为时被人逮个正着的老太婆又臭又长的狡辩。

发生凶杀案的确令人不快，但张贴写着污言秽语的传单、朝别人家丢石头，是幼稚低劣的举动。而且把云雀之丘比喻成品位低劣的小包，根本毫无说服力。

“虽然如此，这种方式……”

“哎哟，真令人惊讶。您竟然对我有意见。您到底——”

聪子的声音被尖叫盖过了。

“不是我！”

接着传来玻璃制品碎掉的声响。

“又来了。”

聪子一边叹气，一边转向声音传来的方向。启介也转过头，望着自己家。彩花的尖叫声在寂静的住宅区里回荡，东西破碎的声音也是。

“就算对面发生了凶杀案，您家也仍旧没有改变。真是够了。就是因为这样，我家儿子媳妇才不肯回来。”

启介真想捂住耳朵，真想沿着坡道逃下去。

我是不是非得进去不可呢?

为什么不能跟别人一样平静地过日子呢？自己从不动手，也不骂人，无论人家说什么都听，甚至买了云雀之丘的地盖房子。

“为什么不进去呢？快点去阻止吧。又不是今天才开始这样的，您也很清楚。”聪子好像在责怪他一般说道。

但是启介动也不动。

回家去做什么？要是能阻止的话早就阻止了。只能等里面安静下来。

“快点进去吧。”聪子推着启介的背。

“我进去能做什么？”

“哎哟，一家之主这种态度是不行的。要我拿着那个纸袋去阻止吗？”

聪子叹着气望向启介拿的纸袋。有本事就去看看啊。启介赌气似的递出纸袋。聪子又深深叹了一口气。

“别人家的事躲在一旁看看就好，您对自己家的事也是同样态度呢。”

启介吃了一惊。

“这是什么意思……”

“我知道的。高桥先生家出事的时候，慎司跟淳子太太的声音也像现在一样听得清清楚楚，您却一直躲在那边车棚的车子旁边。”

原来她发现了。启介望着自家的车棚。案发当时自己的确在那里，但是并不是在躲。

而且聪子既然知道，那表示当时她也在屋外倾听不是吗？

“小岛太太你也……”

当！这次不是从屋内传来的，是窗玻璃破掉的声音。

“住手！”

像是要掩盖所有的声音，打破黑暗般的野兽吼叫。

真弓的声音。

启介拔腿就跑，朝坡道下方聚集的温暖橘色灯火奔去。

【七月五日（星期五）下午三点—晚上八点三十分】

第六章 高桥家

晚上十点二十分——

高桥良幸、比奈子和慎司三人进入客运站附近的二十四小时餐厅。客人很少。还没吃晚餐的良幸点了汉堡套餐，半小时前才吃过泡面的比奈子和慎司也点了小比萨和饮料。

搭高速巴士来的良幸想在回家前先谈一谈，就把比奈子跟慎司带到这里。回家也可以谈，不用在意别人的眼光，比这里好。但是良幸自己知道来这里是因为没有勇气回家。

“大哥之前都在做什么？”比奈子用吸管搅着冰咖啡问道。

“对不起，我有非得去上不可的课。”

良幸强调“非得去上不可”。这是说给自己听的借口，也是觉得对不起看到他下了巴士就好像等待已久似的奔过来的比奈子。

虽然他想今天早上立刻回来，但离开公寓之后就停下了脚步。留在这里就可以继续当普通的学生，一旦回家，自己就成了凶杀案的当事人。无论是对自己多么不利的事实，都不能听而不闻、视而不见，也无法躲避别人好奇的目光。

今天为了学分有不得不去上的课，上了之后再回去就好了。就算晚个半天回去，事情应该也不会有什么改变。良幸这么想着便去了大学。

“是什么时候知道出事的？”

“我一直都在研究室，昨天晚上比奈子发短信来我才知道。”

“这样啊？我还以为警察一定已经去找你了，所以才那样写。光看短信不知道发生了什么事吧。我该写得详细一点。对不起。”

“比奈子不用道歉的。”

进入教室的时候收到教务处职员转交的留言。Y县S市的警察局要他尽快联络。打电话来的时间是昨天上午。接电话的人应该不知道发生了凶杀案，心想明天有课的时候再转告就可以了。

这些人真是悠闲。不，我没资格说别人。

良幸把便条纸折起来放进裤子口袋，听了三小时的课。课在中午前结束，平常的话，良幸就回研究室，有很多非做不可的事。然而果然已经不能再找借口了。

良幸到研究室说了父亲突然去世，教授和其他学生都表示遗憾哀悼，亲切地送他离开。虽然大家都有点尴尬，但良幸不觉得他们是假装的。

回去的时候他们还会同样亲切地欢迎自己吗？这么一想就觉得像是最后的告别。

“但是没想到大哥会从高速巴士上下来。我以为你一定会坐新干线的。”

“身上的钱不够坐新干线。”

"这样啊，对了，之前也搭过夜行巴士回来的。"

比奈子带着恍然大悟的表情喝着咖啡。良幸说谎了。钱包里有够买新干线车票的钱。

要是搭上下午第一班的车，黄昏就可以抵达。他不想在天还亮着的时候到。他在新干线的车站下车，换乘普通火车，然后从最近的车站回家的话，这一路上不知该摆出什么样的表情才好。光是想象一下认识的人会用怎样的眼光看自己，就觉得胃绞成一团了，想吐。

这就是他搭巴士回来的原因。巴士的话，到达时已经是深夜。客运站位于离云雀之丘很远的海边，下车也不会碰到熟人。本想不要回家，也不要跟阿姨联络，去住商务旅馆。但——

"你要回来的话，先发个短信也好啊。我发了短信说要到大哥那里去的。好险，差点就错过了。"

"昨天有朋友来住我家，不小心把我的手机带走了。对不起。"

"是吗？所以才没有回信。你朋友不要挑在这种时候不小心拿你的手机不行吗？难道是女朋友？"

明里的脸浮现在良幸脑中。他不愿想起昨晚的事。

"不是，我怎么会有女朋友？"

"这样啊。真是太好了，我还以为大哥抛弃我们了。"

"你还发了其他短信给我啊。真的抱歉。"

"没关系的。我就知道大哥不会抛弃我们。"

比奈子用泪光闪闪的双眼凝视着他。良幸觉得心痛，他为了自保一直迟疑要不要回来，比奈子却对他深信不疑。她才说吃过泡面，但大口吃着比萨，看来还有食欲，伸手又拿了第二片。

良幸望着自己眼前没动过的汉堡。搭巴士的时候肚子饿得咕咕叫，心想下车后要先吃点东西，但食物送到眼前来就不想动了，就算在嘴里嚼了也不想吞下去。

比奈子一下子就吃了半个比萨。

“慎司你不吃吗？”叫了一个比萨两个人分，比奈子吃完自己那份后问道。

“啊，嗯，我不饿。姐姐你吃吧。”慎司低着头说。

“那我就吃了。”

比奈子伸手拿比萨。良幸望着坐在对面的比奈子和慎司。比奈子嘴里塞着比萨，旁边的慎司只沉默地用吸管有一搭没一搭地吸着可乐。

在客运站看到比奈子让良幸吃了一惊，但看到她身后的慎司让他更为惊讶。他不是下落不明吗？慎司跟比奈子在一起就表示他没有做什么见不得人的事。造成父亲死亡的果然是那个人。

搭巴士回来的路上良幸想过案子的事。

详情不知道。他只知道网络上的报道，说继母淳子自首说：“跟丈夫发生争执，用摆设殴打丈夫。”良幸完全想不出她的动机，所以听说慎司下落不明，觉得背后应该有重大的缘由。

慎司杀了父亲。那个人庇护他。

良幸虽然不认为慎司能做出那种事，但如果从年龄来看，慎司的可能性比那个人大。

那个人包庇慎司也很合情合理。良幸虽然跟明里说继母待他们没有差别，但那个人对慎司跟对自己的感情的确是有所不同的。这也是理所当然的事，良幸能理解。

无论是谁都会偏爱自己的亲生骨肉，更别提跟自己长得一样的漂亮孩子，就算跟其他亲生子女相比，也会更加偏爱吧。良幸也很明白那个人对比奈子和慎司有差别。

是慎司吗——

但是慎司就在眼前。虽然没有食欲，但并没有害怕的样子。杀了人的话，不可能这么冷静。如果是跟自己毫无关系的杀人魔也就罢了，慎司是自己的弟弟。良幸能肯定地说慎司比一般人更温和，更天真无邪。

“现在这个时候回来不该问这种问题的，我完全不知道发生了什么事。明天去警察局他们应该会说明的，但是我想先听你们告诉我这到底是怎么一回事。”

良幸嘴里说你们，视线却望着比奈子。比奈子比慎司镇静，应该可以客观地说明。

“我还想知道呢。我不在家里。”

比奈子望着慎司。本来以为他们两个在一起一定会讲关于案子的事，但似乎并非如此。

“慎司，你也该开口了。”比奈子哀求似的跟慎司说。

慎司仍旧沉默地低着头。

“慎司！快点说。你不说话到底有什么意义？”

比奈子拍了一下桌子。

“比奈子，镇静下来。”

良幸制止比奈子。不要刺激慎司比较好。然而慎司抬起了头。

“姐姐说话的样子跟爸爸一模一样，把我当成没用的人，否定我。你要真的这么想听的话，我就告诉你。”

良幸从慎司脸上看不出任何表情。

——知道这个笑话吗?

丑陋的天才博士向漂亮女明星求婚。女明星跟博士说，亲爱的，我们的孩子一定跟你一样聪明，跟我一样美。但是博士说了，要是孩子跟我一样丑，跟你一样笨要怎么办?

一点都不好笑，根本不能算笑话。那两个人就像爸爸跟妈妈。但是遗传这种东西并不是一半一半的吧。

大哥跟我们不是同一个妈妈，遗传了爸爸的聪明跟妈妈的长相，算是一半一半。你妈妈好像头脑也很好，所以或许全部都是妈妈的遗传。姐姐的长相和头脑都遗传自爸爸，运动神经据说是像妈妈，真是都遗传到优点了。我呢，完全像妈妈。

我早就知道自己的头脑并没有那么好，大概是小学高年级的时候。我没有才华。从来没有灵光一现想到，啊，这个问题这样解答就好。只能不断地预习、复习，累积经验值而已。

第一个注意到这个的应该是爸爸。

爸爸到书房来都是来责问我。不管他多狠，我都觉得只要我忍下来就好了。但是有一天我发现了，妈妈受的罪比我更多。要小考或模拟考试的时候，我都会拼命用功，因为妈妈会因为我而受罪。我真的很想逃跑，但那样的话，妈妈就会更难受，所以我就忍着。

总之拼命念书，模拟考试前一天还叫姐姐到朋友家去住。

但是妈妈已经忍无可忍了。就是案发当晚。

那天晚上妈妈到我的房间来，问我要不要散散心，去一下便利店，第二天就是数学科模拟考，我实在没那个心情。要是有闲空的话，非得念书不可，而且爸爸在家，我怎么能出门？但是妈妈说去一下就好，几乎是把我赶出门的，所以我连钱包和手机都没带。

我跟姐姐说过了，在便利店跟对面的阿姨借了钱。因为去便利店总得买点什么才行，要不然空手回去爸爸会生气说你出去干什么了。

回家的时候看见大门前停着救护车。我在便利店的时候注意到救护车开过去，但是做梦也没想到是要去我们家的。我以为出事的一定是妈妈，吓得要命，不敢走进去，躲在丢垃圾的地方，看见被抬出来的是爸爸，而且好像受了重伤。我不知道该怎么办，所以就逃走了。

比奈子没能插嘴。慎司在说话的时候，她时不时非常想插嘴，但慎司说完了她却不知要说什么好，脑袋里乱成一团。

“说受罪，是暴力吗？”良幸问道。

慎司好像刚才没说过那一大段话似的，低头沉默不语。

“有受伤到医院去看过吗？”

大哥在问什么啊！把慎司的话当真了吗？比奈子想不起来有什么不对劲的地方，那一定是慎司编造的。

“爸爸不可能使用暴力吧。我虽然那天不在家，但我们住在一起，不可能不知道的。我从来没看过妈妈受伤或是身上有瘀血。慎司应该也一样。不要胡说八道。”

比奈子觉得已死的父亲被亵渎了，而且还是亲人干的。认真起来的大哥也让她生气。

自己的父亲被杀了，她无法相信大哥竟然做出偏袒母亲那方的解释。

“慎司，到底是怎样的？”良幸问他。

“言语暴力。姐姐说话一向都头头是道，可能无法理解，但我被爸爸责问的时候，总觉得自己好像消失了。我想妈妈应该也有同样的感觉。”慎司愤愤地说。

“胡说。爸爸从来没有对慎司跟妈妈大声责问过。你跟我就在隔壁房间啊。小声说话听不见，大声责问的话我会听到的。”

“爸爸说了什么话？”

比奈子否定了慎司的话，良幸则跟慎司确认。比奈子就不能认同这点。慎司仍旧低着头。

“你现在在想要说什么吧。没用的。爸爸根本没有责问过你，一直都称赞你的。爸爸不是总是说慎司长得帅，运动神经又好，很羡慕你。爸爸说自己只有功课好，努力念书当了医生，但你应该有很多其他选择，想做什么就做什么好了。”

比奈子一直很羡慕慎司，也很羡慕大哥。自己努力念书也比不上大哥，努力运动也比不上慎司。就算打扮起来，也比不上天生丽质的母亲和慎司。

虽然如此，父亲一直都对比奈子很好。他上班一定很累，但还是听比奈子抱怨学校的事；成绩虽然跟大哥天差地远，但父亲还是认可比奈子的努力；看见她穿新衣服总会称赞说很合适、很好看。

所以比奈子才想完成父亲另外一个梦想，成为建筑师。

“到底是怎样的，慎司？”良幸问慎司。

比奈子对采取中立态度的大哥失望极了。她本来觉得只要大哥回来一定可以有点办法，多少可以看到之后的路该怎么走。或许是她期望太高了。

“那样才是最残酷的。”慎司喃喃道。

“啥？我不知道你在说什么。说了你想做什么就做什么，这叫残酷？你是没睡醒吗？那爸爸应该说什么？用功念书当医生，你要他这么说吗？还是要大吼‘你这个废物’，然后动手打你吗？像你这样从小就是妈宝的小孩，无论听到什么话，都觉得是在骂人吧。你竟然能说爸爸残酷，你知道那是什么意思吗？”

“比奈子！”良幸制止她，“先让慎司把话说完再说。”

“为什么非得怪我不可？”

比奈子完全不觉得自己有错。出了事情现在才回来，凭什么说这种话？说要去上课，家里发生凶杀案，上课有那么重要非得去不可吗？手机被朋友拿走，想联络的话，打公共电话也可以，而且大哥不可能没有坐新干线的钱。进餐厅的时候大哥说：“想点什么都可以。”巴士的车票钱加上三个人吃饭的钱，跟新干线车费也差不了多少了。

大哥是在逃避。现在可能也在想逃避的方法。不是为了父亲、母亲，跟弟弟妹妹，而是为了自己在想对策。

“慎司之所以把爸爸的话解释为残酷，是不是因为觉得爸爸放弃你了？”良幸温柔地问慎司。

慎司停了一下，点点头。

“这样啊。慎司用功念书，希望能获得爸爸的认可。这样的话，你刚才说的话不是有点奇怪吗？这样就受伤未免夸张了一点，你现在是中学生，我当年可能也有过类似的想法。但是这跟妈妈有什么关系？还是爸爸会骂妈妈，甚至动手打她？”

没错，就是这样。这段话比奈子同意。她也望着慎司。

“不是那样，虽然不是……”

慎司低着头，又陷入沉默。这样下去天都要亮了。比奈子站起身，去给饮料续杯。

之前想了很多很多，但一时之间什么也说不出来。跟念书一样。

慎司只要做自己想做的事就好了。父亲第一次这么说是他读小学四年级时。当时他看着面临医学院入学考试拼死用功的大哥，心想再过几年自己也非得这样不可的时候，父亲这么对他说，慎司也就当真了。他并没有特别想做的事，所以就想去上篮球队出名的学校。

“啊，小慎想跟爸爸一样当医生吧。”

母亲这么说。她把手放在慎司肩膀上，笑着看着他的脸，但是眼神却没有笑意，看起来好吓人，慎司只好应声点头。母亲这次打心里愉快地笑起来。从那时开始，她时不时就把医学院挂在嘴上。

的确，在那之前母亲并不唠叨他念书的事。考试考得好会称赞他，但那跟运动会赛跑得第一名时称赞他并无不同。

那时母亲开始意识到他要考中学了吧。

中学还是跟大哥一样念K中吧。大哥虽然去关西上了大学，小慎的话，可以拿爸爸的母校作为目标吧。小慎的话，一定没问题的，爸爸的儿子嘛。

于是慎司就依母亲的话去考了K中。跟大家一样努力念书通过了入学考试，心想也不过就这么回事。入学后理所当然地进了篮球社，跟父母报告时，爸爸说："那就加油吧。"但妈妈满脸不悦地说："不可以耽误功课。"

从那时开始关心考试结果的一直都是妈妈。爸爸虽然说："才一年级，不用着急。"但妈妈却会到房间来抱怨："爸爸虽然那么说，但是——"

慎司曾经无法忍耐而逃家。他没有跟妈妈说要逃家，半夜自己偷偷离开，但是不知道该上哪儿去才好。朋友虽然不是没有，但没有跟姐姐一样可以去过夜的交情。

云雀之丘跟别处相比，居民的年龄层较高，过了晚上十一点，几乎家家都熄灯了。但是坡下却一片灯海。慎司被那温暖的橘色光芒吸引，走下了坡道。走到公路交叉口就有车辆行驶，再往下走路上人也多了。

慎司跟年龄差不多的孩子们擦身而过。慎司瞥着他们，一路走到海边。客运站的白色灯光浮现在黑暗中。绕到车站，后面就是海。一望无际的黑暗世界沿着堤防边的空地延伸。

这里几年后好像要建一座巨大的摩天轮。能看见怎样的景色呢?

慎司抬头望着山坡。光毯一直铺到山腰，亮得连一片漆黑的云雀之丘都像点了灯似的。只有自己的立足之地是一片黑暗。不知怎的，这让他觉得很愉快。跟黑暗化为一体的时候不用努力也没关系，可以放松心情。

随着年级越来越高，离家下坡跟黑暗同化的次数也越来越多。母亲说慎司的成绩变差了，但其实不是。周围的步调变快，慎司跟不上而已。他已经到达了能力的极限。彻夜预习、复习，专心听课已经耗尽了他所有的精力，但是母亲却归咎于篮球社。

“现在没有必要参加社团活动吧。专心念书，上了高中之后再打球也可以。”

虽然母亲这么说，篮球社却是慎司绝对不能不参加的。为了不退出，慎司增加了念书的时间。就这样好不容易撑到离退隐比赛只有一个月，全县大赛预选前哨战的时候——

慎司把要带的东西跟运动用品都整理好放在门边，这样比赛当天就能早早出门，但当天早上却遍寻不着。他的运动服、运动鞋，跟练习用的篮球，都放在里面。他去问在厨房的母亲，母亲只冷淡地说:“我不知道有东西放在那边啊。”

慎司又找了一遍，自己的房间、客厅、餐厅、浴室，连厕所都找了，但到处都没有。

到外面去找是抱了最后一线希望。看过了院子，然后出门到街上，住在斜对面的阿姨背着奇怪的包在扫地。

“啊，慎司，好早啊。”

虽然人家这么说了，慎司却没有回答她的工夫。但是阿姨一边微笑，一边继续跟慎司说话。

“对了，篮球是可燃垃圾吗？”

慎司觉得脸上的血液好像瞬间被抽走了。他跑向前面三十米左右的垃圾堆放区，看见半透明的垃圾袋里装着运动服、运动鞋跟篮球。他听见大型车辆的声音，抬头看见垃圾车正朝这里开过来。

好险。

慎司抱着垃圾袋跑回家。

“这是怎么回事？”

慎司压抑着涌上的怒火问道，但母亲只漠然回答：

“不是说好了吗？你跟妈妈约好了，期中考的时候没有进前三十名，就退出社团。倒垃圾的前一天把装着运动用品的袋子放在门口，我以为你要丢掉呢。”

是跟母亲约好了，所以非常努力地用功念书，每天晚上都只睡两三个小时，终于考到了三十四名。这对竭尽全力才勉强跟上的慎司来说，简直是奇迹般的名次。

父亲也称赞了他。母亲在旁边很高兴地说：“小慎只要认真一下，取得这种成绩是理所当然的。他是爸爸的儿子啊。”所以才差四名，他以为母亲会宽宏大量饶了他。没想到——

“刚才我问你的时候你说不知道。”

“那是因为小慎你说谎了。你不会是打算去社团活动吧。今天补习班有模拟考的。”

所以就把我的东西扔了吗？

“今天是全县大赛预选的前哨战。”

“哪边比较重要，你自己好好想想吧。”

模拟考试之后还有很多次，并不是考这一次就决定是否能参加入学考，但是篮球比赛连今天在内只剩下两次了。要是前哨战胜利的话就还多一次，但估计是不可能的。今天的比赛就算赢了也没有未来，即便如此也不是可有可无的比赛。

“拜托了。”

“今天不行。要是想参加那种比赛，就应该遵守约定。下次学校有模拟考吧。考到全校三十名以内，就可以去参加全县大赛的预选。”

慎司没有顶撞母亲、抱着垃圾袋去参加比赛的毅力。结果跟往常一样乖乖听话。但是在这种状态下参加补习班的模拟考，成绩自然不理想。

要想参加最后一场比赛，下次模拟考的成绩就得让母亲满意，所以在模拟考前一天拜托姐姐到朋友家去住了。

姐姐一边喝着续杯的可乐，一边看菜单。她还想吃东西吗？神经大条真令人羡慕。大哥像女人一样把已经冷掉的汉堡切成小块，慢慢送进嘴里。

逃亡期间一直在想的谎话立刻就被看穿了。从现在开始该怎么办呢？

慎司沉默下来后，良幸尽量拖长时间慢慢吃着汉堡，再吃一口盘子就空了。比奈子好像在看书一样看着菜单，但并没有要再点的意思。

该怎么办才好呢?

兄弟姐妹一起把话说明白了就能解开真相，然后还可以考虑今后的对策。慎司说自己跟母亲受罪的时候，良幸还想要是父亲先出手的话，或许可以算是正当防卫。结果并不是暴力而是言语伤害。这样的话会不会因此精神状态不稳定呢?但父亲说的话怎么听都不会把人逼到那种地步，而且慎司还沉默不语。

比奈子则不知怎的脾气很坏。

“你们两个想怎么样?”

比奈子跟慎司同时抬起头，默默地望着良幸。他们的表情像是在说那你想怎样呢?

“我想确定真相，然后跟你们讨论之后该怎么办最好。但是现在真相就算了。”

“什么意思?”比奈子问。

“真相就跟新闻报道的一样，照妈妈说的就好。爸爸跟妈妈吵架，妈妈拿摆设打了爸爸，爸爸死了。那是不是真的，如果是真的有没有预兆，两人之间发生了什么事，跟你们讨论这个是没有意义的。所以我们只要根据已知的事实，考虑从今以后怎么样对我们最好就可以了。”

“我们……”慎司喃喃道。

“对。我们三个人。家里发生凶杀案的三个子女。”

“我们能做什么呢?”比奈子问。

“我们面对的障碍是什么。比奈子应该也知道今后不可能像以前那样过日子了吧。去学校不会觉得不安吗?”

比奈子难过地摇头。

“所以是怎样的不安呢？钱吗？不是吧。是旁人的目光。你不会用手机去看了什么奇怪的留言板吧？”

良幸想起今早在电脑上看见的网站留言，光是回想就想吐。

比奈子再度摇头。

“……要是手机没电就糟了。”

“那就好，绝对不要去看。对我们家的事一无所知的家伙都胡说八道。”

没去看的话，或许不该跟她说。但是他们得知道眼前的障碍已经形成了，否则话没法谈下去。

“我们今后绝对会面临毫无理由的恶意。不只是在网络上，我们家现在怎样都不知道。或许会有人直接破坏或恶作剧。为了尽量避免这些情况，我们要先想想怎样能减轻妈妈的刑责。坐牢、缓刑跟无罪，有非常大的差别。”

“能无罪释放吗？”

“跟晶子阿姨商量，尽量雇用高明的律师。但我们的证词应该更重要。比方说刚才慎司说的话。爸爸虽然没有直接使用暴力，但就说他使用暴力了。”

“你在说什么？真不敢相信。要叫爸爸当坏人？我绝对不愿意。”比奈子叫起来。

站在远处的店员都往这边看。

“我也不愿意。”良幸低声说。

“那你干吗说这种话？大哥的亲生父亲被没有血缘关系的母亲

杀掉了，还能想出这种办法。爸爸死了你不难过吗？”

“怎么可能不难过？”

良幸在巴士上想着父亲。悲伤的感情没有直接涌现，是表示自己其实不喜欢父亲吗？

不只是这样。父亲的大手曾经无数次抚摩自己的头。得到父亲的称赞非常高兴，更加努力念书。对父亲说：“我想当医生。”父亲高兴地说：“我很期待。”并伸手抚摩已经比自己高的良幸的头。

良幸坐在车上摊开手掌抚摩自己的头。自己早就比父亲高也比父亲壮了，但自己的手感觉起来却好小。眼泪夺眶而出。爸爸、爸爸、爸爸……良幸吞声饮泣。

要是只听说父亲被杀害，一定会放声大哭，想把凶手宰了。

但是凶手是那个人。虽然没有血缘关系，却非常细心地把良幸养育成人。良幸一直把她当成亲生母亲。

要是只听说那个人杀了人，一定会觉得必有内情，坚定地相信母亲是无罪的。

虽然发生了这么严重的事，却像漠不关己似的淡然接受，是因为极端的两件事一起发生，在接受事实之前就已经互相抵消了吧。

哭过之后心情平静了些，良幸确定了一件事。

父亲已经不在了，留下来的是那个人。就算是杀人凶手，是家人这个事实也不会改变。不仅如此，社会上还特别强调这个关系。自己非得接受这个事实不可。

比奈子跟慎司明白这一点吗？

“那就说个明白，为什么爸爸非得被杀不可。妈妈为什么杀了爸爸。是因为慎司成绩不好吗？但是慎司又不是考坏了，爸爸也从来没有责备他成绩不好。话说回来，会有人因为儿子的成绩把丈夫杀了吗？我从来没有见过他们两人吵架。妈妈有跟警察说杀人的理由吗？”

“不知道。我也不知道。”

比奈子抱住头。然后又突然抬起头来。

“喂，慎司，你那天晚上跟妈妈吵架了吧。”

“什……什么……”

一直好像瞪着桌子上的一个点一样低头不语的慎司抬起头，发出嘶哑的声音。

“装傻也没用。彩花跟我说的。你大声乱叫，妈妈说什么饶了我吧救命啊。”

“真的吗？”

慎司跟母亲吵架。慎司大叫。虽然难以想象，但既然有证人，应该是事实吧。为什么这么重要的事情不早说呢？

“慎司，你跟妈妈发生什么事了？”

“……什么也没有。”

“不会什么也没有。你会大叫一定是很严重的事吧？”

“……我没有跟妈妈吵架，是我自己乱叫。”

“你有什么不高兴的事吗？”

“我……想参加篮球比赛。”

慎司这种有气无力的回答让良幸忍着不叹气。坐在对面的比奈子则深深叹了一口气。

估计是不知道慎司在说什么吧。难得他开口了，不能打断他的话头。

“想参加就去啊。还是你不是正式队员了？”

“不是。妈妈不让我去。”

慎司抬起头，脸上的表情好像下定了某种决心。

慎司把案发当天的事情全部说了出来。既然兄姐知道那天他在家里大叫，也就没什么好隐瞒的了。

“升上三年级以后，妈妈说成绩变差了，要我退出社团活动。但是我不想……”

慎司从小学三年级开始打篮球。这是他自己唯一想做的事。放弃篮球就等于成为意志薄弱的人。

“我虽然偷偷地参加，但是被发现了。之前的比赛妈妈不让我去。但是最后的一场比赛我无论如何都想参加，跟妈妈约好了这次学校的模拟考要考到全校三十名之内，所以每天晚上拼命用功。模拟考的前一天还让姐姐到朋友家去住。”

“原来你是为了篮球比赛。我完全不知道。”比奈子惊讶地说。

母亲在别的家人在场的时候不会跟慎司提功课的事，只有两人独处的时候才偷偷地说。所以慎司其实是希望比奈子在家的，但那样的话就会怪到比奈子头上了。

母亲从来没有说过慎司成绩不好是因为天赋不佳，都是篮球的错、游戏的错、手机的错，以及比奈子的错。比奈子在自己房间听音乐没有妨碍到任何人，但慎司准备考试的时候母亲不时会叫比奈子要注意。

“但是想到非做不可、非做不可，头就痛起来。那天也是，明明是模拟考的前一天，上课的时候大家都轻松解答的问题我怎么也不会，头痛得要裂开了，所以就早退了。”

“你有跟妈妈说过头痛吗？”良幸问。

“没有。我自己知道是情绪引起的。”慎司这样回答，继续说道，“离开学校头还在痛，接近家里就痛得更厉害，回过神来我就已经顺着坡道往下走了。往下心情就比较平静。对了，以前有一次大清早在客运站碰到大哥，那也是因为想轻松一下才去的。”

“那天后来也去参加模拟考了吧？”

良幸回想起那天的事，所以他才会在那里啊。

慎司点头继续说：“但是我下去的时候被对面人家的女生叫住。”

“彩花吗？”比奈子皱起脸说。

慎司想起当时的情形，也皱起眉头。

“她问我比赛的事，我说跟她没关系，她就说我们给她惹了麻烦，要我道歉，不知道她在说什么。”

“那个女生做了什么吗？”

“什么也没有。但她说得好像我们住在她对面给她添了麻烦，我就说那你们搬家啊。然后我不理她继续走到海边，在那里待了一会儿头痛好了，但还是觉得有点不爽。”

“你的感觉我很了解。”比奈子点头。

“回家后跟妈妈两个人早早吃过晚饭，回到书桌前。打开参考书头就开始有点痛，但是又不能去睡觉，还是努力用功了。然后对面开始抓狂……”

“什么抓狂？”良幸问。

“是指彩花。她跟慎司一样上初中三年级，非常容易发脾气，每星期起码有一次会叫得左邻右舍都听见。”比奈子回答。

“那是我去上大学以后才盖起来的房子吧？他家的孩子是那样吗？”

“真是糟糕透顶，对吧，慎司？”

“反正一直都是那样，本来想不予理会的，但是她叫得我头痛，实在受不了了。后来虽然稍微好一点，但我已经完全没心情念书。我想要去参加比赛是不可能了，真的非常不甘心，就拿篮球丢墙壁。”

“在房间里丢篮球？”

“嗯。妈妈立刻就到房间来叫我住手。但是我没有，我才不要住手呢。不理妈妈继续丢，心情就慢慢好起来。我对着书架丢，球被妈妈拦截了。”

“妈妈应该拦得住的。”

“我非常不爽。要她还我她也不还，我就开始丢别的东西，书啊铅笔盒之类的。然后妈妈就叫说：快住手！饶了我吧！我心想你活该，你叫我也会叫，所以我也大叫，真是痛快。”

大哥跟姐姐是不是也曾经明知道会被骂还恶作剧呢？慎司从小时候就很好奇。偷吃菜、把浴缸弄得全是肥皂泡泡之类的虽然很有趣，但并没有好玩到宁愿被骂的程度。

看到姐姐因为父亲骂大哥而皱起脸来，就像自己被骂一样想缩成一团。但是丢篮球却让慎司觉得身体轻快。放声大叫，头就没那么痛了。

“要是我在家就好了。”比奈子喃喃道，“那样的话，在你发作之前就可以阻止的……你一直都努力打篮球，想参加最后一场比赛的心情我很了解。我也知道你非常用功念书。我一直都觉得妈妈只关心慎司，最宝贝慎司，觉得很羡慕。但现在看来你反而压力很大，所以会头痛。那种时候碰见彩花，听她说了一些乱七八糟的话，一定很不高兴。”

比奈子虽然表示了解慎司，语气却很强硬：“虽然如此，你也做跟彩花一样的事吗？你不是很看不起她，说真是不像话吗？”

“到底在吵什么，真不像话！”

“爸爸也进来这么说。”

“爸爸那时候回来了吗？”

“我没注意到，他突然就开门进来了。”

虽然声音不大，但爸爸低沉威严的语气让慎司瞬间停下来。妈妈的脸也僵住了。

“爸爸还说了什么？”

“把房间收好。就这样而已。我慌忙把书本捡起来，爸爸就下楼去了。”

“妈妈呢？”

“跟在爸爸后面下去了。”

乱闹的是慎司，妈妈只是来阻止他，却像自己犯了错一样，表情僵硬地随爸爸默默离开了房间。

“所以他们就在楼下吵架了吧？”良幸说。

他并没有责怪慎司的样子。慎司最担心的就是这个。

“我不知道。”

“你没听到他们说话吗？”

“他们或许说了，我不知道在讲什么。要是大声吵架的话就会听见，但是正常说话就听不到。”

“对啊，楼上楼下其实听不见。打开窗子的话，外面的声音还听得比较清楚。”

比奈子附和慎司。

她想起在外面听到一楼的钢琴声，上到二楼反而听不见了。

“但是就算没有大声，也可能在吵架，所以……是我的错。”

在被人责备之前慎司自己先这么说了。一时情绪激动丢了篮球，大呼小叫，因为这样母亲就把父亲打死了。

“妈妈也跟警察说，她跟丈夫吵架了。”比奈子结结巴巴地说。

“他们两个离开房间之后，你做了什么？”良幸改变问题。

“我把房间整理好，想去洗澡。口也很干，但是爸爸生气了让我很不安，就一直留在房间里。虽然没法集中精神，但还是打开参考书看，然后妈妈就进来了。”

“为什么？她看起来怎样？”比奈子急急问道。

“满脸抱歉的样子，跟我说对不起。”

“跟慎司道歉？然后呢？”

“说我可以去参加比赛，现在不要念书了，出去走走散散心。”

“妈妈叫你出去散步的？”良幸跟他确认。

“当时已经很晚了，其实我不想去，但是妈妈说了我可以去参加比赛，我就不好意思说我不要去，所以就出门了。”

“为什么没带钱包跟手机？”

“我想只是出去一下而已，用不着带手机。钱包……”慎司话声一落。

该说出来吗？但是已经说到这个地步了，不能保持沉默。

“我口渴，妈妈说去便利店买果汁吧，就给了我一千日元。”

“但是你跟对面的阿姨借钱。”比奈子插嘴说。

“妈妈把钞票折了起来，应该是放到我裤子口袋了。”

慎司的宽短裤两边有大大的口袋。妈妈应该是把钱放到左边口袋的。

“但是里面没有？”良幸问道。

慎司无力地点点头。

他没力气走到海边，就在便利店消磨时间翻杂志的时候，眼熟的人走进商店。是对面的阿姨。她看见慎司亲热地打招呼。她说：“明年要考高中了，两个人互相加油吧。”

慎司心想不要把我跟你女儿相提并论。

专程来转换心情，这下都白费了。慎司打算离开，拿起放在脚边的购物篮去柜台付账，伸手到裤袋里却找不到千元钞。裤袋破了吗？摸了另一边口袋也没有。

本来想把东西放回去，但把已经拿出冰箱好长一段时间的饮料再放回去觉得有点不妥。慎司看见对面的阿姨正在偷偷看他。他不想让那种人认为他没常识。他跟自己说只是暂借一下，就跟她借了钱。

“妈妈是不是故意没把钱放进去？”

比奈子“啊”地叫了一声。

“你离开家的时候爸爸在干什么？”良幸问。

“应该是在楼下，但是我没看见他……”

家里的楼梯直接通到玄关。妈妈跟着慎司到门口，跟他说：“路上小心。”送他出门，至于爸爸在做什么他就不知道了。没看见爸爸他还松了口气。

“妈妈在你房间的时候样子很奇怪吗？”

“我看不出来。”

“大哥认为妈妈叫慎司去散步的时候，爸爸已经死了吗？”

“什么……”

比奈子的话让慎司瞠目结舌。妈妈是要让慎司在案发当时不在场，所以才叫他去散步的。慎司去便利店没带钱让店员留下印象。为什么在大哥跟姐姐说出来之前自己完全没有注意到呢？

从便利店回家时救护车停在家门口，父亲被抬出来。慎司吓得逃跑了。他在网咖得知案情，一切都是自己大闹造成的。他害怕被人责怪，不敢回家。本来以为案发当时自己不在家算是不幸中的大幸——

“慎司，对不起。我之前怀疑你。我以为妈妈是要替你顶罪，所以撒谎说是她干的。”良幸低下头。

“我也这么以为。慎司，对不起我不在家。”比奈子也低下头。

“不要这样。”

慎司使尽全力才说出这句话。他们不该道歉。慎司宁可他们责怪他说都是你的错。他低下头，无法迎向他们的视线。

“但是我还是不明白动机。就算吵架了，怎么会到用摆设殴打爸爸的地步？慎司，你再好好想想。真的什么也没听到吗？爸爸因为你乱闹责怪妈妈，可能话说得很重。真的到了用摆设殴打那么严重的地步吗？话说摆设到底是什么？”

“大哥的奖杯。警察让我跟晶子阿姨看了。”比奈子低声说道。

“我想应该不是故意的。爸爸从前就会把我跟慎司在运动会上得的奖杯都摆出来，大哥的刚好是最大的。”

慎司也是第一次听说。他终于明白大哥为什么要大家把自己知道的事都说出来了。警察不管怎么调查，媒体不管怎样大肆报道，有些事情是只有家人才知道的。不先了解这些，凭着外界的信息来考量今后的事情，应该是想不出解决之道的。

慎司再度回想那天晚上。对话、表情、气氛——

“……啊。”他抬起头。

“你想起什么了吗？”

“我出门以后心想刚才的骚动外面或许会听到，就四下张望了一下。对面人家的叔叔在车棚那里。”

“他刚下班回家吗？”

“等一下，对面只有一台小车。我常常看见对面的阿姨傍晚的时候开回来，对面的叔叔上班应该不是开车的。他为什么在车棚啊？”

“回家之后打算再出去，要是在整理车子的话，有可能长时间待在那里。”

“外面可能会听到什么。”

听到良幸跟比奈子这么说，慎司心里也“啊”了一声。对面的叔叔可能听到父亲跟母亲的对话。

“回家吧。”

良幸拿着账单站起来。比奈子也跟着起身。慎司跟在他们后面。

一天已经过了。现在是零点三十分。橘色光毯仍旧稀疏地延伸到云雀之丘。

【七月五日（星期五）晚上十点二十分—七月六日（星期六）零点三十分】

小岛聪子Ⅲ

阿真，是妈妈。太好了，你接了电话。对不起，我没余力想到你们那里是几点钟。又发生大事了。这次是隔壁。那里成天就在闹，可能是妈妈多心了，但是今天感觉跟往常有点不一样。

所以妈妈决定鼓起勇气，嗯，去阻止他们。我不想让云雀之丘再度发生凶杀案。

那真是很吓人，可是不能不管。他们家的男主人逃走了，所以没办法。对啊。刚刚还跟我一起在外面听到的。我拜托他去阻止，他却突然跑了。你相信吗？一家的家长碰到家里出事，竟然逃走了。真是的，怎么会这样？

爸爸？今天也去上班了。守护这个家是我的责任，除了妈妈没有别人了。这不是跟你没关系的。妈妈是为了阿真，为了能让你安心回云雀之丘来，妈妈才努力的。所以给我勇气吧。

报警？我不要警察再来引起骚动。

那妈妈现在就去了。

这是为了阿真，知道吗?

第七章

云雀之丘

晚上八点二十分——

彩花瞪着真弓，两手举起观叶植物的盆子用力往地上一砸。无釉的陶盆碎了，混杂着小石头的土在地板上四散纷飞。远藤真弓茫然地瞪着跟泥土同样颜色的地板。

“地板要用什么颜色好呢？深咖啡色看起来很稳重，也不显脏，但是刮伤或是灰尘的话，在深色地板上比较显眼。彩花也会比较有顾忌，还是浅咖啡色好了。”

“妈妈讨厌啦。我又不是骑三轮车的小孩子，不会把地板刮伤的。我也喜欢深咖啡色。”

“那就选这个吧。”

那个时候最开心。不用看彩花的脸色，可以正视她的眼睛。不知从什么时候开始，每天结束的时候会想：今天是彩花没抓狂的走运日子、今天是彩花抓狂的倒霉日子。虽然每天都小心翼翼不要刺激她，但离上次抓狂还不到三天，就又来了。这样的日子到底要持续到什么时候？

真弓想不出安抚她的话，只能叹气。

“不要把我当笨蛋！有话就说！”

彩花仿佛要逼近真弓，穿着拖鞋的脚踏出一步，小石头在地板上发出咔啦声。又一步，咔啦。真弓觉得小石头仿佛陷入了自己的皮肤，浑身起鸡皮疙瘩。

“……不要这样。我们不是说好了吗？”

“啊？说好什么？”

“不要刮伤地板。”

彩花低头望去，但立刻又抬起头。

“管你的！谁理你那么多！家、家、家、家，你脑子里只有这个。你是白痴吗？”

彩花拿起别的盆栽，转向窗户。

“不要这样……”

彩花置若罔闻，举手把盆栽扔向窗户。薄薄的窗帘后方发出玻璃破裂的声响。真弓脑中一片空白，身体被透明的胶膜层层包住。

盆栽落在室内，窗边的地上也散落着陶盆的碎片跟混着小石子的泥土。白色的壁纸上也溅到了泥土。到底是谁干出这种事，伤害了我所有的宝物？真弓转过身，野兽站在她面前，像是恫吓般恶狠狠地瞪着她，但是真弓完全不害怕。

“不能原谅。”

真弓对着野兽这么说，野兽面露不屑辱骂真弓，但真弓根本听不进野兽的话。完全没有反省的样子让她更加愤怒。

“不能原谅！”

真弓再度大叫，扑过去正面揪住野兽。野兽一瞬间僵住了，但立刻就恢复过来，一边喊叫，一边手脚并用抵抗。野兽的爪子抓伤了真弓的面颊，但真弓的身高跟体重都胜过野兽，她使尽浑身的力气把野兽压倒，骑在上面。

“不能原谅、不能原谅、不能原谅！”

真弓一边压住野兽的肩膀，一边叫嚷。自己没有做错任何事，也没有奢侈浪费。辛苦持家，只想过着稳定平静的生活。这么一点小小的期望，为什么非得被这样践踏不可？到底要忍耐到什么时候？已经再也受不了了。

“要是没有你就好了！”

地板上有饭粒跟炸鸡，真弓伸手抓起来塞进野兽嘴里。面有怯色的野兽呛咳起来，流着眼泪把饭粒吐出来。真弓看见她吐在地板上，更加愤怒，这次抓起整把泥土塞进野兽嘴里，用两手捂住她的嘴。

野兽发出“呜呜”的叫声，但真弓浑身被透明胶膜裹住，僵在那里一动也不动。

小岛聪子不断按着门铃。

听见玻璃破裂的声音和真弓的叫喊，启介仓皇逃走。聪子下定决心给儿子打了电话之后，到底过了多少时间她不能确定。她站在远藤家大门前，深呼吸后按门铃，没有人回应。她连按了十几次都没有任何反应。

但是真弓的咆哮听得非常清楚。

聪子绕过远藤家的院子。跟小岛家四季可赏花木扶疏的庭院不同，这里只有一个小花坛，与其说是庭院，不如说是晾衣服的空间。

地上铺着大颗的碎石，走在上面声音很大。

这或许会喝阻小偷，却给聪子壮了胆。

走到里面她看见亮着灯的房间窗户破了，还传来呻吟的声音。窗帘是拉上的，看不见屋里的情形。不知道是真弓还是彩花的声音，但听起来却非比寻常。

“远藤太太，远藤太太。”

她在窗外怯怯地叫着，没有人回答。她拿下一根晾衣服的竿子，从窗户的破洞伸进去，挑开窗帘，这才略微看见屋内的状况。真弓背对着她，骑在彩花身上，用手勒住她的脖子——看起来像是这样。呻吟声是彩花发出的。

“远藤太太！”

聪子大叫，但背对她的真弓一动也不动。

“远藤太太，不要做傻事！远藤太太！”

怎么叫真弓都没有反应。彩花的呻吟声变得断断续续。怎么办才好？从窗户的位置和情况看来，没办法从这里进去。是否该去向别人求救？那样的话干脆打电话报警算了。

聪子拉开小包的拉链。

“啊，有这个。”

三年前儿子回来送给她这个的时候说：“还是带着比较好，以防万一嘛。”她很高兴，为了能随身带着，在手工教室提议要做小包。

紧急求救用的防身警报器。她从来没有用过，根本不觉得用得上，只是当成护身符。

但现在正是紧急情况，此时不用更待何时。

“小真，妈妈要动手了。”

她从小包里取出警报器，用手指勾住金属环，用力一拉。

哔哔哔哔……穿透耳膜的尖锐响声，让人不得不掩住耳朵。聪子用一只手掩住耳朵，另一手把警报器从窗户的破洞扔进去。

哔哔哔哔……背后突然传来震耳欲聋的尖锐声音。真弓一惊，身上的透明胶膜急速溶解。这是什么声音啊?

真弓慢慢站起来走向窗边。破掉的观叶植物盆栽旁边有一个红色塑胶盒一样的东西。

大小跟火柴盒差不多，却发出跟警笛有得拼的噪声。真弓把它捡起来，用两手握住，声音稍微小了一点。

“远藤太太。”

窗外有人叫她。真弓抬起头，不由得叫了一声往后退。窗帘拱了起来，有张脸在探头探脑。

“是我，小岛。”

真弓慢慢把窗帘拉开。晾衣服的竿子从窗户的破洞戳进来，小岛直起身子站在外面。

是她干的啊。

“远藤太太，让我进去好吗?警报器得关掉，会吵到邻居的。”

“但是现在家里很乱……”

“你在说什么，得快点去帮那个孩子啊。”

“那个孩子?”

真弓随着聪子的视线转过身。彩花倒在地板上，弓着背呛咳呕吐，嘴里吐出咖啡色的黏糊物体。真糟糕。

“彩花，你没事吧？”

真弓想去替她拍背，彩花用两手遮住脸，从指缝间害怕地望着真弓，仿佛在说不要过来。真弓握着警报器的手感觉到除了塑胶之外的东西——泥土的触感。她把观叶植物根上的土块塞进彩花嘴里，然后用手压住的时候……

“太好了，她还活着。”

她听见聪子在背后说。

还活着？不要说奇怪的话好不好？

真弓力持镇静，转向聪子。

“不好意思，已经没事了，请你回去吧。”

“什么没事？要是我没来阻止的话，现在已经不知道变成什么样子了。你知道自己在做什么，还能说这种话吗？”

聪子好像要从窗子钻进来一样逼问她。但是不能让她进来。

“这是我们家的问题，跟外人没有关系。”

“不对，已经成为我的问题了。我已经被卷进来了。我是代替你们家逃走的主人来的。”

“逃走？”

“总之先让这声音停下来再说。”

聪子举起勾着金属环的手。没办法。

“那请到门口。”

聪子哼了一声，转向大门的方向，用力踏着碎石，嘴里叨念着：“真是的。”这爱管别人闲事的老太婆凭什么这么说？或许是有点吵，那样的话跟之前一样按门铃就好了，需要拉警报器吗？这下子脸可丢大了。

彩花一定也很不高兴。

真弓转过身，彩花不见了。是去浴室，还是趁真弓过来之前躲回自己房间了？总之先把警报器还给聪子，让她回去。

聪子进入客厅。“谢谢。你没事吧？”她在门口说。是彩花去开的门。

“这简直像是强盗闯进来一样。”

聪子望着并不宽敞的客厅，毫不客气地说。真弓无法承受这种耻辱，低下了头。聪子伸出手。

“警报器还我。”

真弓把警报器放在聪子手里。哔哔哔哔的声音再度吓了她一跳。聪子把连在金属环上的栓子插回去，声音立刻停了。

“这是我儿子送我的，说是以防万一。但是就算被人袭击，拉响这个又能有什么效果？我是半信半疑。我问我儿子，他说要是嘴被堵住不能呼救的话这个就能派上用场。他是这么说，但是真正的效果今天终于明白了。你明白吗？”

“这个……”

“就算被人袭击拉响这个，也不会有人来救。声音那么大，除了我以外也没有别人来不是吗？而且经过同样的骚动之后发生凶杀案也还不到三天。警报器能吓到犯人，阻止他们的行动。”

犯人。真弓觉得自己被当成了犯人。

“要是吵到你们，按门铃就好了啊。”

“我按了。按了不知多少次。你这才是给我们添麻烦呢。”

完全没听到。

“从刚刚开始你就一直露出我在多管闲事的样子，还是我应该去报警？既然如此，那我现在就报警好了。”

“哪有？真是抱歉。请到这里坐吧。”

真弓请聪子到没有弄脏的沙发去坐。但聪子瞥向地板，然后带着惊讶的表情望着真弓。

“……怎么了，还有什么不满的吗？”

“你这问法让人不满。更不满的是你完全不担心令嫒呢。要是你非常担心令嫒的状况，没有空理我的话，那我这就回去，但那样也挺让人担心的。”

有什么好担心的？每天我都自己熬过来了。今天只不过忍耐不住，抓住了彩花。我又没有打她，也没有勒她的脖子。只不过把她吵得要死的嘴堵住而已。把泥土塞到她嘴里或许有点过分，但也不用说得这么夸张吧！彩花虽然有点难受的样子，不也自己站起来出去了吗？替聪子开门的不是彩花吗？

“那个，我跟我女儿，真的没事。”

“是啊，听令嫒亲口说了那我就回去。你也去把脏衣服换掉如何？”

聪子说着重重地在沙发上坐下，拿起桌上的遥控器，径自开始转台。她的脸皮真不是普通的厚。真弓完全没注意到电视一直是开着的。虽然觉得愤愤不平，但听到俊介的歌，心情稍微平静了一点。

那个孩子现在在干什么呢?

比起彩花来她比较担心慎司。

聪子手机的待机画面是高木俊介。

她把电视频道转到俊介演出的晚间十点歌唱节目。平常她都是录下来看，现场看这是第一次。自己搞到现在到底是在做什么呢?

隔壁的土地开始盖房子的时候，聪子就觉得不对劲。不动产商人一开始曾到小岛家问她要不要把这块不大不小的地买下来，小岛一向反对开发住宅用地，根本不可能买下开发剩下的畸零地。

后来听说那块土地卖掉的时候，聪子以为是哪家买去当车库了。但是那块地上开始盖房子。她本来以为地虽然小，但也会花时间慢工细活地盖好，结果打了钢筋，砰砰砰地把墙壁嵌上，房子一天就盖好了。那时候聪子心中涌现一个念头。

云雀之丘不应该盖这种房子。

她虽然觉得不对劲，但房子也已经完工了。过了不久就搬进来一家人。聪子本来期待搬进来的人能消除她这种不对劲的感觉，但期待完全落空，而且让不对劲的感觉转变成嫌恶感的事情还定期发生。

彩花会抓狂。

第一次听到彩花抓狂让她大吃一惊，心想可能是发生了什么事，还是假装没听到好了。吵成这个样子，明天一定会来道歉，自己是老居民，应该表示宽容理解，于是准备了茶点要待客。但是等了一整天，隔壁没有半个人来小岛家。

次日早晨，看准了彩花上学的时间到外面去扫地，彩花毫不在意地从聪子面前走过，不仅没打招呼，连看也没看她一眼，这么没教养让聪子吃了一惊。接着出门的启介跟真弓，看到聪子的瞬间，脸上露出“糟了”的表情，一边赔笑点头，一边快速离开。

早知这样把那块地买下就好了。但是住宅区开发完成的话，像这样的人家不知还会搬来多少。云雀之丘已经不是云雀之丘了。在这里住了三十年以上的人家组成的妇女会开办的手工教室是聪子唯一的乐趣。然而有一天，聪子在电视上看见跟自己儿子十几岁的时候很像的男孩。

高木俊介。无论是唱歌、演戏、上综艺节目都很生涩，简直看不下去，但这反而激发了聪子的长辈爱，开始热心地支持他。而他也像是回应了聪子的期待，发挥实力日渐提升。

聪子开始支持俊介之后，注意到高桥家的次男慎司，说来奇怪，光是看着慎司一点不觉得像自己儿子，但中间夹了高木俊介，就像渐层变化一样自然出现了共同点，让聪子把儿子跟慎司的身影重叠在一起。

为了要见慎司，聪子每天早上都出门扫地。交了社区的管理费，聪子自然用不着扫自家门前的马路，但在一天开始的时候见到慎司，让她心情雀跃愉快。她觉得慎司不如小时候明朗活泼，心想是考生应该很累，所以并没怎么在意。

慎司也跟俊介一样去当偶像就好了，那样的话就不会发生这种事情。他父亲弘幸也觉得没什么不好，他母亲淳子则完全不知道在想什么。刚搬来的时候，聪子觉得她是文静漂亮的人，感觉很不错，但近年来，大概是五年前开始吧，常常会觉得她怪怪的。到底是什么怪，聪子也说不上来，以为是自己多心，案发之后她才明白。

那是跟远藤家建起来的时候一样的感觉。淳子也不是应该住在云雀之丘的人。聪子虽然担心下落不明的慎司，但守护云雀之丘的心情却胜过一切，于是便采取了行动。

话又说回来，远藤这家人没听过“他山之石，可以攻玉”这句话吗？对面邻居发生了凶杀案，通常都该反省改正自己的生活吧。想想是否能断言自己家里不会发生同样的事，改善亲子关系，冷静地审视自己的言行举止，该怎么做才不会发生这种悲惨的事情，全家一起沟通不是吗？聪子都打电话给好一阵子没联络的儿子儿媳了。结果他们家却——

都还没过三天，就这副德行。下了坡道这世界上都充满了这样的人吗？所以才不断发生同样的案子。这一家人怎样都无所谓。

但是云雀之丘不能再发生这种事了。非阻止不可。

晚上九点二十分——

彩花不断漱口，但是喉咙深处粗糙的感觉却无法消失。她在洗脸台清洗黏糊糊的脖子，但压迫感却无法消失。她想把洗面乳的盖子盖上，却盖不起来。她的手脚跟全身都颤抖不已。她停下动作，牙齿却咔啦咔啦地打战。她想阻止这个声音，用力扭上水龙头。

好可怕。

母亲并不是不会生气。彩花从小就跟别的孩子一样，偶尔会让母亲生气。用力关门、粗手粗脚地使用餐具，就会被勒令重来一次。不予理会的话，也被打过手背。看电视的搞笑节目学到的“死老头”“死老太婆”之类的词语随口说出来，也被斥责说不可以说这种话。

彩花并不是没做过半件坏事的好孩子。以前还比较乖。但是不知从什么时候开始，母亲就不对她生气了。

不知从什么时候开始取代怒容的是情何以堪、像是立刻要哭出来般的表情。仿佛已经死心了，跟这孩子说什么都没用了的表情。这种态度让彩花非常不爽，怎么样都咽不下这口气。

有什么不满就说啊。不高兴就生气啊。自己摆出一副被害者的样子，大模大样地叹气。

彩花宁可她动手打人。有本事就来啊！彩花不知多少次心里这么说。

但是刚刚那是在干什么?

彩花小时候恶作剧被逮到，母亲怒喝一声“彩花”，就会让她吓得缩成一团。畏缩地抬起头，就会看见母亲严厉的目光瞪着她。彩花偶尔会说对不起，但大部分时候都说不出话来。就算觉得自己做错了事，也不知该怎样表达那种心情，张嘴出声之前眼泪就要掉下来，于是只好强忍眼泪不作声。

惴惴不安地望着母亲的脸，母亲就微微笑起来。她知道彩花虽然没有出声，但的确在反省。母亲会温柔地对她说：“下次要注意哟。”

但是今天母亲是怎么回事？彩花完全没有想到她会扑过来。母亲的力气比她想象中大得多，一下子就把她压倒在地，然后骑在她身上，带着恐怖的表情低头瞪着她。彩花望着母亲，但她的表情完全没有改变。无论过了多久，就算彩花有过反省，也绝不会笑起来的表情，但那也不是生气。

我要杀了你！看起来像是那样。

“要是没有你就好了！”

母亲这么说。

把掉在地板上的食物塞到嘴里，吐出来又塞土块，还用手紧紧压住让她吐不出来，无处可去的泥土流进喉咙深处。呛咳之下胃液逆流，混合了喉间的泥土，吐不出去呛入气管，让她无法呼吸。太阳穴作痛，眼前景象变成橘色，意识开始模糊。

即便如此，母亲仍旧一动也不动，继续死命捂住彩花的嘴。

要是小金包没来的话，我就死定了。

那个人已经不是母亲，不，已经不是人了。是不是已经不正常了啊？我把嘴里跟胃里的东西都吐出来，又呛又咳的时候，她还叫着：“彩花。”像没事人一样地走过来。好像彩花的遭遇是别人干的一样。

在父亲回来之前，让小金包待着吧。父亲回来再跟他说，虽然不知道他到底靠不靠得住，总比在家跟那个人独处要好。

但是事情怎么会变成这样呢？

的确抓狂的是自己，但今天跟平常有什么不一样呢？是因为对面发生了凶杀案受了惊吓所以不正常了吗？一定是给了慎司一万日元的关系。

慎司的错。云雀之丘的错。

“要是没有你就好了！”

她还担心不见踪影的慎司呢。

已经空空如也的胃翻搅出黄色的液体从彩花嘴里滴下，被水龙头的水冲走。但是喉咙深处泥土的感觉仍在。

晚上九点三十分——

远藤启介在办公室的休息室里打开便利店买的便当。

他之前把使用休息室的申请单递给在办公室处理文件的主任时，主任取笑他："是不是被老婆赶出来了啊？"他接过钥匙，搔着脑袋回答："差不多啦。"他心想要是真是这样不知有多轻松，不由得叹了口气。

自己逃走了。

彩花抓狂不是现在才开始的。真弓悲痛地叫："不要这样！"也不是第一次。只是暂时的。忍耐几年就好。时间一定会解决一切。他一直都这样告诉自己。时候到了一定会解决的。理应如此。

虽然这种想法有点轻率，但启介本来有点期待这次发生的案子能让自己家里的状况有所改变。

彩花抓狂的原因……入学考试没通过、自卑情结、对面邻居面积是自家三倍的豪华住宅。住在那里的孩子们个个容貌端正，教养良好。同年的男孩上有名的私立中学，大两岁的女孩穿着漂亮的制服、上自己没考上的学校的高中部。在这样的环境里，彩花不可能无忧无虑愉快地过日子，能自己坚强起来才怪。

但那好像童话世界般毫无缺陷的一家却发生了凶杀案。凶手是母亲，孩子们今后也无法跟以前一样生活了吧。案件虽然很令人同情，但彩花或许能借此契机改变价值观。金钱、容貌、学历，这一切都比不上普通的平稳生活幸福。要是彩花能意识到这一点，也就不会再抓狂了吧。

真弓跟启介也能安稳过日子了吧……他是这么想的。

启介丢掉空便当盒，拉开也是在便利店买的发泡酒的拉环。

自己真是太肤浅了。非得要看见别人的不幸才能感觉到的幸福，算得上真正的幸福吗……不，算得上。他希望能这样。

做梦也没想到还不到三天，就又开始大闹了。

家里发生凶杀案，这是绝大部分的人一辈子也不会碰到的事。要是这种罕见的事情在对面邻居家里发生，价值观还不会改变的话，那此后还有什么契机能够改变呢？岁月流逝，彩花不管几岁，一辈子都是会抓狂的彩花，而自己非得在那个家里过一辈子不可吗？

受不了，饶了我吧。

启介回过神来的时候已经背弃自己家跑走了。逃归逃，他也并没有别的女人，老家也不在附近，只能回到几个小时之前离开的办公室。睡过今晚，明天又得回那个家去。

彩花跟真弓会怎么说呢？

小岛聪子催促他快点去阻止，但彩花不是父亲说住手就会乖乖住手的女儿。只能让她闹到满意为止，要不就让第三者去阻止。聪子不会就这样置之不理的。让聪子插手，真弓一定很不高兴。听到聪子说丈夫逃走了可能会惊愕万分。或许该打个电话回去给她。

但是小岛聪子真令人吃惊。摆出一副老好人模样的有钱太太，竟然打破高桥家的窗户。还有无数的中伤传单。她堂而皇之地说是云雀之丘妇女会干的，完全没有不好意思的样子。还说了一大堆云雀之丘是他们建立之类的话，没人问她也没人想听。云雀之丘到底有什么了不起的？山边跟海边不过就几公里的差别而已。海边下雨，山边也下雨；山边风和日丽，海边也风和日丽。

而且所谓有传统的地方，就是要有后继者才能成立的不是吗？要是想守护云雀之丘，就该守护暴露在全国好奇目光之下的高桥家的子女才对，反过来煽动算什么？那些孩子要是看到现在的惨状，不知有何想法？

案发当晚，启介在外面听到高桥家的对话。他绝对不是要偷听。回家的时候听到叫声跟东西落地的声响，心想又是我家啊，几乎要叹气，但结果却不是。没想到竟然是高桥家。像童话般幸福的家庭，陷入了跟我家一样的窘境。到底会怎样呢？启介一边想着，一面竖起耳朵。

父亲一句话就平息了骚动，启介松了一口气。在那之后，又听到高桥家其他地方传来的夫妇对话。然后声音突然静了下来，可能是因为关了窗吧。不久之后，慎司就出门沿着坡道下去了。启介心想自己是在干吗，走到家门口碰上了要去便利店的真弓。

这一切都被聪子看在眼里。

但是这应该没有任何不对的地方。

真弓出去后不久，救护车跟警车就相继来了。他跟彩花一起出去看是怎么回事，看到高桥弘幸被推出来，心想他可能受伤了，没想到竟然是凶杀案。凶手是妻子淳子。她自首说因为夫妻争执而用摆设殴打丈夫。她说的争执从时间来看应该是自己听到的对话。想到这点一股寒意蹿上他的脊柱，几乎出了一身冷汗。

那段对话能称为争执吗？要是那是一场会导致凶杀案的争执，

自己也不会若无其事地听着，一定会设法阻止吧。估计聪子也是一样。

但是怎么想都觉得那只是夫妻间的对话，完全看不出来哪里能萌生出杀意。

一定有些事情是只有他们家里的人才知道的。那我们家又如何呢？今晚逃出来，明天回去，被真弓跟彩花看不起，再度回到一成不变的生活。

除此之外就别无选择了吗？

晚上十点二十分——

真弓迟疑着要不要跟躲在浴室的彩花独处，快速把二楼的寝室整理了一下，回到客厅。

出去再进来就闻到刺鼻的酸臭，是地板上彩花呕吐物的味道。此外还有倒翻的味噌汤、炸鸡块、破掉的碗盘、倾倒的椅子，聪子吃惊也不奇怪。

真弓用厨房纸巾擦拭呕吐物，几乎都是泥土。嘴里塞了这些一定很难受，不仅呼吸困难，要是呛到气管还有窒息的危险。让她这么痛苦的人……真的是自己吗？

真弓望着自己摊开的双手，握拳，摊开，握拳，摊开。

那个时候的触感完全不在了。

要是聪子没有拉响警报器的话——

聪子正在偷瞄这边，简直像是在监视。

“啊，要喝咖啡吗？”

“不用了。”

“那泡茶吧。”

“不了，不用麻烦了。”

一边清理散发着臭味的呕吐物，一边问人家要不要喝饮料，人家只会忙不迭地拒绝吧？亏她能动也不动地待在这里，真弓不禁佩服。要换了自己应该迫不及待想逃出去。

“啊，现在这么晚了，没关系吗？您家先生呢？”

“今天不在家。他有重要的公事出去了。你不用担心。”

聪子说着望向电视，真弓继续清理。

跟婆婆同住是不是就是这种感觉？启介的双亲在他们结婚的时候就已经跟他姐姐同住，真弓完全没有想过跟公婆一起住，但她常听打工同事抱怨婆婆。

教训小孩的时候婆婆会插手阻止，没法好好管教孩子。严厉地骂小孩，就会说“干吗生这么大的气”，反而自己会被训，所以在婆婆面前都不生气。小孩似乎也很明白，一旦觉得有危险，就跑到奶奶那里去。这样根本没法教育孩子。同事们是这么说的。

但是电视上说，因为母亲的育儿压力造成的虐待事件，是家庭缩小化的结果。母亲跟孩子两人关在一起，没有任何外力阻止悲剧发生。简单地说，母亲要是失控也没有人制止。不只是没有其他家人，跟邻里的关系也淡薄了。

我到底在想什么呢？

要是聪子没有来阻止的话，现在会是怎样一种局面？光是想象就叫人害怕。不知从哪听到的一般论要在脑中生根了吗？

真弓把还能用的餐具捡起，碎玻璃、破掉的盆栽等用纸袋装起来，然后用杀菌清洁剂擦地板。虽然还开着冷气，但屋里需要换空气，还是把所有窗户都打开了。温热的风拂上面颊，感觉真好。

自己跟外界是相连的。

彩花回到客厅。

她换上了睡衣，把大毛巾像斗篷一样包在身上。她不看真弓，走向沙发在聪子旁边坐下。

“我不舒服，可以躺下来吗？”

“可以，请便。”

彩花跟聪子道过歉，头朝她在沙发上躺下。

真弓假装没注意到，拿着垃圾走出去。她进入浴室，洗面台跟周围的地板上都湿漉漉的。脱下来的衣服就丢在洗衣篮前面。真弓没力气收拾。就算用力压倒她、让她害怕了，那个孩子仍旧什么也不明白。彩花永远是彩花。真弓用肥皂仔细洗了脸跟手，回到客厅。

不管她们喝不喝，真弓在三个玻璃杯里倒了即溶冰茶，放在桌上，然后坐在聪子跟彩花对面。彩花躺着朝杯子伸出手。

“彩花，会打翻的。起来坐好了再喝。”

“少啰唆，杀人凶手！”

真弓分明很温和，彩花却倏地缩回手，啐出“杀人凶手”这四个字。

“不要这样，什么杀人？”

“你不是打算把我闷死吗？”

“我并没有打算……”

“不管你怎么打算，我真的差点死了！小金……小岛太太要是没来，我真的就死了。”

“不要这样，彩花，你小题大做了。这样会吓到小岛太太的。”

真弓堆起笑容望向聪子，聪子表情严肃地回望她。

“我也觉得你是要杀……看起来像是勒住彩花的脖子，所以才拉了警报器。我之所以一直留在这里，也是因为要是我回去了，你们两个不管是不是要杀人，还会继续吵架吧？我很担心。所以趁我在的时候快点和好吧。你们到底为什么吵架？”

吵架？那算吵架吗？她指的是哪个阶段呢？是问我为什么抓住彩花吗？

“我已经受不了了。永远反复同样的事情，彩花抓狂……我已经不觉得她是我的女儿了。”

真弓说不出她觉得彩花是野兽。

“不是你的错吗？我也不是突然生气的。谁叫你惹到我。”

“今天发生了什么事？”聪子问彩花。

“说对面人家二楼的窗户是我打破的。”

“你不是拿着石头要丢吗？”

“就是这样，不相信我说的话。被自己的妈冤枉，谁能忍得住啊！”

“果然我来阻止是对的。”

聪子轮流望着真弓跟彩花，然后视线停留在真弓身上。

“对面的窗户是我打破的。”

“是小岛太太？”

不是彩花，也不是外面来的无聊人士，而是聪子？

“看吧，不是我。”彩花胜利地说。

但结果只是聪子先打破的而已。

“但是彩花想丢石头是事实。”

“丢了跟没丢完全不一样。”

“不是彩花你自己决定不丢的吧。要是我没在那时候回来的话会怎样呢？”

“你才是，要是小岛太太没拉警报器的话会怎样呢？既然你这么说，那就算我打破窗子好了。再怎么样都比杀人凶手强上几万倍。”

不管抱着多强的杀意，杀了人跟没杀有天大的差别。越过界限还是放弃，是由意志力决定的。伦理观念、理性、忍耐力。但只是这样的话，自己现在已经变成杀人犯了。有没有前来阻止的人反而是决定性的要素。没有犯罪的人绝不意味着就更伟大。

有人来阻止自己。没有人阻止高桥淳子。差别只是这样。有时候光凭自己的意志是无法控制行动的，这点她亲身体验到了。她没有信心说不会再对彩花做出同样的事。下次再陷入同样状况时，要是没人阻止，她可能真的会杀了彩花。

“或许我们不要住在一起比较好。”真弓叹息道。

“啥？你突然胡说什么？”

“我是考虑过的。彩花不喜欢这里不是吗？讨厌云雀之丘不是吗？这样的话你跟爸爸到别处去住好了。回到以前住的地方，爱上哪所高中就去考哪所。把一切都怪在我头上我承受不了。一定还会发生像今天这样的事，所以在那之前离开比较好。”

“果然这个房子比较重要。你只要有这个房子就好了，所以才嫌我跟老爸碍事。你根本不想为了我一起离开这里。”

“不管去哪里，只要在一起就一样不是吗？离开云雀之丘，彩花就考得上第一志愿的学校吗？就算考上了，三年以后还要考大学，或者是找工作。社团活动可能不好玩，跟朋友可能吵架，也可能失恋。这些彩花全部都会觉得是我的错不是吗？”

“做父母的就应该都接受啊。”

“那我就做不成你母亲了。”

“喂，小岛太太，你听这个人说的是什么话？”

彩花转向聪子求救。聪子瞥了真弓一眼，轻声叹了一口气，对彩花说：“你妈妈累了。被自己的孩子指着鼻子你啊你地叫，当然不想再当妈妈了。彩花，你是有多了不起，能对妈妈这么没大没小？将来是打算得诺贝尔奖吗？但是得诺贝尔奖的人是不会对自己爸妈这种态度的。”

彩花唰地起身，弓着背瞪着聪子。被外人这样指责很不好受，但真弓只是默默地看着她们俩。她要说的话都已经说完了，现在一切都无所谓了。真想去洗澡然后上床睡觉。只有这样而已。对了，启介怎么这么晚还没回来？但那也无所谓。

“什么意思？头脑不好就连说话的权利都没有了吗？”

“怎么会解释成这样呢？”

“结果你也看不起我。打破对面人家窗户的人跩什么跩？”

“只不过听到一点不中听的话，连我也被你没大没小地乱叫了。

我是抱着云雀之丘老居民的信念才丢石头的。传单也是我带头贴的，要是有人问是谁做的，我会堂堂正正地站出来承认，然后抬头挺胸告诉大家，老居民是怎样守护云雀之丘一路走来的，我们是多么爱云雀之丘，对这次的案子感到有多么愤慨！”聪子挺直腰杆毅然决然地说。

“……你回去吧。”

彩花喃喃说着用大毛巾盖住头，避开聪子的视线。

“也是，我也该告辞了。你们俩就一起说我的坏话和好吧。既然你们家先生逃走了，这样我反而比较安心。”

你们家先生逃走了？刚才好像也听到过这句话。真弓反复咀嚼，终于意会这非同小可。

“您是什么意思？”

“我一开始就说了啊。你们家的主人早就回来了。我在外面碰到他，正跟他说话的时候你们就在里面闹起来了。我叫他快点进去阻止你们，他竟然拔腿就跑，所以我没办法才自己来的。”

“他到哪儿去了？”

“这就不清楚。反正下坡去了。啊，真是的，已经这么晚了，都半夜了呢。晚安。”

聪子站起身来走出客厅。真弓听见大门开关的声音。她望着彩花，但两人都没有开口。

不知道该说什么。真弓虽然挂心启介，但已经没精神也没体力了。先逃的人就赢了吗？早知道，凶杀案发生的当晚，自己去了便利店就不回家，干脆逃走反而好。

彩花把大浴巾裹成一团，走出客厅。她要避免两人独处吗？真弓靠向沙发，闭上眼睛。什么都不愿意想了，就在此时——

“喂，你们在干什么！”

小岛聪子的声音从打开的窗户传进来。

到底又怎么了？真弓很想不予理会，但已经听到声音了。没办法。虽然警报器没响，但再发生什么大事可不行。真弓把手撑在膝盖上，疲累地站起来。她把大门打开十厘米左右，窥探外面。虽然看不见聪子的身影，但可以听到她不断地絮絮叨叨。

她走到门外。

没想到是这样——

零点五十分——

高桥良幸跟比奈子、慎司三个人默默地沿着深夜的坡道往上走。

良幸想到网络上的恶意留言，一边想象自家最坏的情况，一边跟自己说：“没关系，我得坚强起来。”

比奈子隔着口袋握着没响的手机。

大哥在前面，姐姐在后面，已经无处可逃了。慎司低头望着脚尖。

进入云雀之丘，自己家渐渐在望。良幸停下脚步，比奈子跟慎司也停下来。

“怎么了？”比奈子问。

“有人不知道在吵什么。好像就在我们家前面？”

“真的。怎么办？是来恶作剧的吗？”

“再走近点看看。”

良幸沿着路边慢慢前进。慎司跟比奈子跟在良幸背后一边窥视，一边慢慢往前走……

“啊！”比奈子叫出声来，全速往前跑。

晚上十一点——

远藤启介伸手要按门边的门铃，又收回手。他已经不知重复这动作几遍了。都已经到了这里还迟疑什么？他望着自己的手，一手握拳敲打另一手的手掌。分明是要给自己打气才这么做的，却被击掌的声音吓了一跳，不由得四下张望。

现在实在不是贸然拜访他人的时间。就算几个小时前来过也一样。之所以无法下定决心在门前逗留，是因为一楼跟二楼都还有几间房间亮着灯，大家应该都还没睡。

假称忘了东西来拿好了。虽然时间已晚，这个借口还不至于令人起疑。工作的资料、家里的钥匙、钱包、手机……既然没有事先联络就来，还是说手机好了，就说有电子钱包的功能。

启介再度朝门铃伸出手。对讲机有镜头。他深呼吸了一下，用食指按下门铃。不一会儿有个男孩的声音说：“哪位？”他本来以为一定是大人应门，难道是父亲不在家，还是在洗澡？在这种时间来按门铃的人，对方可能觉得应该让男人来处理吧。

“非常不好意思，这么晚还来打搅。我是今天来过府上的S装修公司的远藤。我找不到手机，好像是忘在贵处了，所以来问一下。”

启介朝着对讲机低头，支支吾吾地说。“请等一下。”对讲机挂上了。他听到有人在屋子里啪嗒啪嗒走的声音，不知道是不是在替他找手机，他有点过意不去。

我到底在做什么？

过了五分钟左右，大门打开了。白天换壁纸的房间主人铃木弘树拿着手机，穿着凉鞋走出来。

“今天真是谢谢您了。我觉得好像只有我自己搬了新家一样……您的手机是吗？我在房间跟客厅都找了，没看到呢。您把号码告诉我，我来打打看。”

弘树说着打开自己的手机。启介说不出话来。告诉他号码的话，他一打，口袋里的手机就会响。既然要撒这种容易戳穿的谎，先关机就好了。还是要告诉他真弓或是彩花的号码呢？他不知道彩花的号码。但是如果给了真弓的号码，弘树打去她接了，谎话照样会穿帮。

“对不起。”

启介低下头。

“说忘了手机是假的。其实我是想问一下我家对面人家的事情。我家对面的人家姓高桥，他们家的房子出了状况，我打算现在去偷偷处理一下。”

“出了什么状况？”

“窗户玻璃被打破了，到处贴了中伤传单，他家现在虽然没有人在，但要是有人回去看见，一定会非常难过。我想替他们换窗玻璃，但那样可能是非法入侵，所以至少把那些传单清掉。但要是被人知道是我清掉的，会跟邻居发生冲突。事实上贴传单的就是附近邻居，所以他们一定会不高兴。所以我就想该怎么办呢？想起白天听到你们谈话，你们好像跟高桥家的小姐很要好，不知道能不能来帮忙……所以才来跟你们商量。”

启介下了决心一口气全说出来。他从口袋里掏出纸手帕擦拭脸上的汗时，手机掉到地上了。

然而弘树并没有皱眉，他似乎在思考。

“不好意思，请等一下。等我一下好吗？”

弘树说着急忙进入家里。独自被留在门前的启介只能等着他回来。

我到底说了什么啊？

躺在休息室的床上也睡不着。眼睛一闭上就觉得平坦的床好像哪里倾斜了一样。只不过喝了一罐发泡酒，不可能是喝多了。就这样下去好像会滚落到黑暗中。启介慌忙睁开眼睛。

可以在这里过夜吗？本来打算明天下班之后若无其事地回家，但那样就能回到原来的生活吗？

不知怎的，他觉得今晚非回去不可。明天的话我家就无法复原了。虽然没有根据，但他心中充满了不安。

自己逃走的这个事实，趁今晚还来得及弥补。

他想要一个回去的理由，更想要一个逃走的理由，因为他碰到了小岛聪子。不是逃走，而是回办公室的理由。高桥家的惨状浮现在他脑海里。无数丑恶的中伤传单。破掉的窗户。聪子堂而皇之地说这么做一点没错，自己一句反驳的话也说不出来。到头来自己就是无能，于是不由得就逃跑了。

无论在家里还是外面，都无法反驳。为了能安静过日子，避免无谓的争执，他一直以为沉默是最好的方法，但那样解决了什么呢？为了改善现状，自己能做些什么呢？

答案就是让高桥家在天亮前恢复原状。

不顾自家的问题，修复别人的家，这只不过是逃避而已，然而今夜回去就能当成是离开的理由。他从办公室拿了垃圾袋跟清理的工具和溶液。

既然如此决定，就直接回云雀之丘去就好了，为何还要到这里来呢——

大门打开了，弘树走出来。

“让您久等了。”他头上绑着毛巾，穿着运动鞋。

“要去清理比奈子姐姐他们家的话，这不只是不让邻居知道是叔叔你清理的，我也一起去帮忙吧。”

“不用，已经很晚了，我不是来要你们现在跟我去的。”启介急忙拒绝。

半小时前——他走上云雀之丘的坡道时，不止一次停下脚步。他真想掉头回办公室去。把对面人家清理干净到底有什么意义？今晚回去到底能改变什么？他真想消去心里的这些声音。他想跟别人宣告自己要做的事。谁都可以。但可能的话能了解自己行动的人最好。

于是他想起了傍晚在铃木家听到的对话。他们家姐弟认识高桥比奈子，还担心她，而且他们家的气氛非常好。就因为这样他才来的，没想到男孩竟然说要一起去。不，或许他心中原本就暗自期待。

“但是我想去。拜托您了。”弘树低下头。

“但是父母会担心的。”

“妈妈已经同意了。她刚洗好澡不方便出来，叫我带我们家的垃圾袋去。要是担心那边邻居的话，把垃圾带回我们这里丢就可以了。妈妈说她想自己去，但爸爸就快回来了，所以让另外一个人跟我去。”

弘树打开门，弘树的姐姐出现在门后。

“她是比奈子姐姐的朋友。”弘树说。

她虽然看起来不怎么热切，但把运动鞋的鞋带紧紧系好后，对启介深深行礼说：“拜托您了。”

“那我们走吧。”

启介带着别人家的两个孩子，开始朝云雀之丘走去。姐姐沉默不语，弘树哼着歌。他们已经无法停下脚步了。

到了云雀之丘，自己家已经安静下来。房间亮着灯，但没有叫声也没有摔东西的声音，跟平常一样只有电视的声音。启介安心地叹了一口气。

“这太过分了。”弘树愤愤不平地说。

姐姐也惊愕地望着无数的传单。

“这就开始吧。”

三人手拿着垃圾袋，开始清除传单。

零点三十分——

真弓瞪大了眼睛。

小岛聪子在高桥家前絮絮叨叨地不知在抱怨什么。对方有三个人，她本以为是来看案发现场的外地无聊人士，但其中一人怎么看都是启介。

他手拿着大垃圾袋，撕下高桥家围墙上贴的传单。

另外两个年纪跟彩花差不多的男孩和女孩她从来没见过。他们毫不理会聪子，专心地撕着传单。这些玩意儿不只是用胶带贴上去的，还用了胶水，一张还没撕完手就黏糊糊的了。

启介为什么在做这种事？自家发生大事他不是逃走了吗？竟然在清理对面邻居的家。

惊愕之后开始觉得这一幕可笑万分。

“远藤先生，你到底是打算怎么样？几小时之前我才跟你解释过这是表达我们云雀之丘居民的信念。”聪子咬牙切齿地说。

“是，我听到了。小岛太太你们这些老居民非常重视云雀之丘的心情我很了解，但我不觉得这种做法是正确的。”启介反驳了聪子。

虽然声音很小又有点畏缩，但的确反驳了。真弓第一次看见启介这样。

“你还真能说这种了不起的话。你们家出了大事呢。话先说在前头，你逃走了，要不是我代替你进去，令千金现在可能已经死了。”

“什么……”

“你要是以为我说谎的话，可以去确认一下。”

聪子转过身用圆圆的下巴朝这里一指，启介也望过来。两人的视线同时落在站在门口的真弓身上。真弓虽然想逃进家中，脚却动不了。她避开聪子的视线，望着启介，但完全看不出他在想什么。她并不是现在才不了解他。启介的鸵鸟主义常常让真弓不悦，但晚餐是冷冻食品、买稍微昂贵的地毯之类他也都不会抱怨，有时候反而觉得轻松。

沉默的启介到底在想什么，她有想过吗?

听到聪子说“令千金现在可能已经死了”时，启介在想什么呢?是蔑视我吗？担心彩花吗？但是他既然没有赶过来，可能是觉得聪子太夸张了，还是该把手头的事做完要紧。一定是这样。

这种时候还有能专心做的事，真弓真羡慕启介。她走下台阶，穿越狭窄的道路。

“我也来帮忙。”

真弓跟启介这么说，从放置在围墙前面的垃圾袋中取出一个，撑开让空气进去，伸手撕下写着“云雀之丘之耻！”的纸张。胶水粘得很紧，没法一下子撕干净，她用手指慢慢剥着粘在墙上的部分，心情很奇怪地平静了下来。

“等一等，怎么连你也来凑热闹?”

聪子在真弓耳边说，但她不予理会，继续撕别的传单。写了这么多污言秽语，用胶水粘得死紧，上面再贴上胶带，真是太恶劣了。不管多么在乎云雀之丘，这样也太过分了。她竟然怀疑是彩花做的，今晚的骚动都是因此而起。

要是没这玩意儿，今晚本来可以平静地度过。这种玩意儿没有才好。今晚发生的事也一样。

高桥家发生的凶杀案也是。一切都能化为无形的话真不知道有多好。

“住手！”

聪子伸手搭上真弓的肩膀。真弓没有回头。这道围墙恢复原状的话，今晚的事情就可以当作没有发生。只是这样而已。

“你们是谁家的孩子？我没有见过你们。你们有什么权利做这种事情？”

聪子逼近正在撕传单的女孩。但她看也不看聪子一眼，专心看着传单不停地撕。她好像发泄怒火般，眼中含泪。

她也感到歉疚吗？他们到底是谁家的孩子，为什么跟启介在一起？

“现在不该是小孩子在外面游荡的时间吧。你们上哪里的学校？反正应该不是什么好学校。明天我会打电话到你们学校去。”

聪子望着男孩说。她双手紧握着小包，难道是想把警报器拿出来吗？男孩一边哼歌，一边清除传单，他爽快地转向聪子。

“请便。阿姨你才是，有什么权利阻止我们？你好像说这些是你贴的，那我们可以去报警吗？”

“我身为创立云雀之丘的老居民，有权利跟这家人抗议。”她毅然地说，男孩一下子畏缩了。

“没有！”女孩大声说。

“谁都没有权利责备比奈子！比奈子做了什么对不起阿姨的事

吗？在这里摆出一副受害者的样子，你到底有什么地方不便了？”

“云雀之丘的风评受损了。‘云雀之丘精英医师遇害’，案子取了这种名字，被人说我们傲慢、自负、看不起别人所以遭了报应。云雀之丘全体都被攻击了。”

“那是因为阿姨你们平常就是那种态度，所以其他人才趁着发生了凶杀案攻击你们不是吗？不是比奈子家的错。大家对云雀之丘这种高级住宅区反感，是住在这里的居民自己的错。”

“你说什么？”

“想跟学校联络的话就请便。我上S女校的高中部。班主任姓大西。她应该会对你说十遍对不起吧。她那么做只会让比奈子更难堪，但她本来就不会想到。真是靠不住的老师。不管阿姨说什么，我在让这里恢复原状之前是不会罢手的。这种东西我一张也不想让比奈子看到。我是比奈子的朋友，有权利清掉这些。”

“啊……”

启介一边绑住装满的垃圾袋，一边叫了一声。真弓也停下手顺着他的视线望过去。

“哎哟……”

高桥比奈子站在对面两盏路灯后面。她身后是良幸跟慎司。

凌晨一点——

比奈子奔上坡道。步美站在家门前。周围很暗看不清楚，但那个身形绝对是步美没错，旁边是弘树。他们在干什么啊？她突然有不祥的预感，停下脚步躲在路灯柱后面。

自家的围墙上贴了好多纸。那是步美？

步美把手上的纸揉成一团，扔进旁边的垃圾袋里，然后继续撕别的。可以装一星期份垃圾的大型垃圾袋里已经装了一半。步美不是在贴是在撕，弘树也是，然后对面的叔叔跟阿姨也是。

有另外一个阿姨在向步美抱怨。小岛聪子。步美不理她，她又去对弘树说。弘树轻松地回她，聪子更加激动，步美对她大叫。

“我是比奈子的朋友，有权利清掉这些。”

不是透过不断开关、螺丝都快松掉的手机，而是亲耳听见步美说话。朋友。朋友。泪水决堤而出，真是涕泗纵横。比奈子吸着鼻水，感觉到有人在看她。对面的叔叔。接着是阿姨、弘树，然后步美也转了过来。

她们站着对望，弘树推着步美的背说：“过去啊。”

比奈子迎向迟疑地跨出步伐的步美。两人到了伸手可及的距离，停下脚步面对面，但都说不出话来。步美刚刚还跟聪子大声争辩，现在却沉默地低着头。比奈子也不知道该说什么。她看见步美右手还捏着纸团。

“谢谢。”说着眼泪又流了下来。

“谢谢。这么晚了还赶在我们回来之前清传单。真的谢谢你。”

站在比奈子身后的良幸接着说：“谢谢各位。”

良幸朝远藤启介跟真弓鞠躬。比奈子也一起低下头。她不知道步美他们怎么会跟对面的夫妇在一起。他们是偶然因为相同的目的而聚在一起的吗？

“谢谢您。”

步美也对启介鞠躬。越来越搞不懂了。

“是远藤先生到我们家来说的。”

步美跟比奈子说明了事情经过。白天的时候启介到铃木家替弘树的房间换壁纸。

“远藤先生说想让对面人家恢复原状。傍晚的时候他听到我和弘树提起了比奈子……是这样吧？”

步美转向启介。

“嗯，是的。”启介抓抓头含糊地说。

步美再度转向比奈子。

“对不起，比奈子，你一定很难过。我都没回短信给你，因为我不知道该说什么才好。班上大家都说‘好可怕’‘真烂’什么的，留言板上也有好多更糟糕的话。比奈子的书桌跟置物柜都被人乱涂了，班主任装作没看到……”

“说这些干吗？”

“要是给比奈子发短信，就跟那些人唱了反调，我害怕……”

步美不顾弘树阻止继续说道。想象中的事真的发生了，让比奈子心痛不已，但她知道步美不是为了让她难过才说的。步美是死命想道歉。

“远藤先生来的时候其实我还很迟疑。我害怕会不会连没见过面的人也对我有敌意。弘树硬拉着我来。他一直叫我给比奈子发短信。”

“连这也说。”弘树嘟囔道。

“对不起。但是来到这里看见这些传单，真的觉得不可原谅。

这样做太卑鄙了。”

步美瞪着聪子。聪子哼了一声，但步美不予理会，直直望着比奈子。

“我什么忙也帮不上，只好拼命清这些东西，但这样也不能让你原谅我。跟这位阿姨比起来，我是你的朋友却什么也不做，不是更加卑鄙吗——比奈子，真的对不起。”

比奈子对颤抖的步美伸出手。

“不要道歉。我太高兴了。”

比奈子哭，步美也哭，两人搂着哭成一团。旁边的良幸请启介帮忙叫出租车。启介从口袋里掏出手机。

“等一下，还没清完一半呢。有始有终吧。”

“今晚你们肯来，就已经是我跟比奈子最大的慰藉了。这样就可以了。真的非常感谢。”

良幸从弘树手中接过垃圾袋，低头行礼。

比奈子跟良幸对着坐上出租车的步美跟弘树不断道谢，挥手送别，直到看不见车子为止。

【七月五日（星期五）晚上八点二十分—七月六日（星期六）凌晨一点四十分】

第八章 摩天轮

凌晨一点四十分——

留下来的六个人：远藤启介、远藤真弓、高桥良幸、高桥比奈子、高桥慎司、小岛聪子——他们都是云雀之丘的居民。

“我有事情想请教远藤先生。”良幸对启介说。

“案发当天晚上，慎司离家去便利店的时候，看见了远藤先生。不知道您是不是在那前后听到我父母的对话还是其他的声音呢？能告诉我们吗？”

“虽然不是很清楚，但我有听到令尊、令堂在说话。但是真的只是普通的对话，我完全不觉得跟案子有关系。其间窗子就关上了，在那儿之后可能发生了什么事——对吧，小岛太太？”

“我？不要说这种让人误会的话。我可不会站着偷听邻居家里的对话。”

“既然如此，那就请您回去吧。我要跟良幸他们说明那天晚上的情形。您是不相干的人，真弓也是，请回去吧。”

“等等。那天晚上我在便利店碰到了慎司。我一直都很担心。

一起听的权利总该有的。”

真弓望着慎司，慎司无言地低着头。

“等一下。我也听听。那天晚上我并不是什么也没听见。只不过觉得假装没听到比较好而已，那是礼貌。我也一起听比较能判断远藤先生说得对还是不对。这么重要的事，大家打算就站在街边说吗？你们两家都没法子接待客人。远藤家我已经不想再去了。各位请到寒舍来吧。”

聪子一口气说完，没有人反对。远藤夫妇和高桥兄妹三人面面相觑。

“等一等！”

彩花摇摇晃晃地从远藤家出来。

“我也要去。我因为这件事受了不少罪，我也有权利知道。”

她把睡衣换成了T恤跟牛仔裤。

“那就走吧。”

聪子带头领着七个人走向小岛家。

“……八卦女。”最后面的慎司轻声说。

比奈子停下脚步转过身：“这我们都知道，我知道大哥也知道。说什么权利、权利，白痴吗？但是现在也没办法了。你听好了，从现在开始这种事情会一再发生。不能跟假装是朋友的无聊人士说真心话。我们只要问出想知道的事情，不要掺杂多余的感情。也不可以再说刚刚那种话了。明白吗？”

比奈子压低声音说完，推着慎司的背往前。

*

“到底在吵什么，真不像话。”

“对不起。小慎明天有重要的模拟考试，好像有点紧张。”

“都是你成天叫他用功、用功。”

“因为现在是最重要的时候，不是吗？”

“高中上哪里不是都可以吗？”

“不行，如果要念医学院的话，绝对要上N高中。良幸不也是吗？”

“那是良幸自己选择的，医学院也是。我从来没有说过想让孩子们当医生。谁说父母是医生小孩就一定要当医生的？比奈子就完全没有兴趣。慎司运动方面很优秀，长得又帅，头脑也不差。去当偶像歌手也不错啊？”

“你是认真的吗？”

“是的。”

“良幸考上医学院的时候你不是很高兴，还说不愧是良幸？”

“啊，我的意思不是说不愧是我的儿子，是指我都没在数学大赛中赢过那么大的奖杯。”

“小慎以后要得多少奖杯都行。”

“要是这样当然再好不过，但也不必用功到压力那么大的地步。”

“这是什么意思？”

“慎司就随他去了。”

*

凌晨两点——

启介在小岛家的客厅仔细回忆骚动之后听到的弘幸与淳子的对话，一字一句地复述。

“在那之后窗子关上，就听不到声音了。”

“就只有这样？”真弓问。

启介点头。

“就算语气再坏一点，还是不知道哪里犯着她了……”

启介事先就说过是普通的对话，但他心想可能因为自己是男人所以无法理解，要是真弓的话或许能够明白淳子的心情跟杀人的动机。虽然抱着期待，但真弓似乎跟自己一样完全不明白。

他望向聪子，她既没有要指正也没有要补充的意思。

进入客厅的时候，启介跟聪子说：“能麻烦给我一杯水吗？”聪子拿出从未见过的瓶装矿泉水和昂贵的玻璃杯分给大家。

室内装修简单，并不给人豪华的印象，但启介以本行的经验看得出所有材料跟做工都是精挑细选的。自家三人并排坐着都还有空间的大沙发也是柔软的皮革。聪子手工做的娃娃跟壁毯虽然破坏了这一切，但这不愧是云雀之丘的房子。

聪子的“云雀之丘论”要是在这里听到，可能会有完全不同的感受。

他望向坐在对面的高桥家子女三人。他们全都面无表情，沉默不语。比奈子可能是爬坡口渴了，伸手打开矿泉水的瓶子，倒了三杯。三个人默默喝水。说要喝水的启介反而迟疑着没有伸手。

真弓和彩花把手放在膝盖上，一动也不动。在家里不知道彼此在想什么，到了外面三人果然是一家人，一看就知道。

“坡道病。”彩花突然吐出这句话。

“普通人被迫待在奇怪的地方的话，就会渐渐觉得脚下的地板在倾斜。要是不尽力站稳脚步，就会摔下去。但越意识到自己是这样就越觉得倾斜得厉害……高桥阿姨可能已经忍无可忍了吧？”

彩花望着夹在兄姐之间，驼背低头坐着的慎司，真想勒住他的脖子。

自己喜欢的真的是这个人吗？

每天早上理所当然地穿着名校制服出门的慎司。在篮球比赛时汗流浃背活跃于场上，沐浴在女生加油声中的慎司。明明住在对面，自己却无法自然地跟他打招呼，都是因为和慎司相比自愧不如。要是能住在跟慎司家一样大的房子、穿着S女校的制服的话，就不用觉得这么悲惨了。

但眼前的男生死气沉沉，惴惴不安，好像极力忍着不大叫起来，看起来就完全靠不住。一点也不像高木俊介。为什么会喜欢这种人呢？

为了不从坡道上坠落，自己死命地保持平衡，结果倾斜的是自己。正因为没发觉倾斜的是自己，别人只要从背后轻推一下，就失去平衡坠落了。

“你也是这样。”

彩花望着母亲。她好像想不透案发当晚的对话是什么意思。原来她不明白的不只是女儿的心情。

“刚才因为一点小事就爆发了不是吗？原因到底是什么？老爸听到的对话里或许没有哪句话会引起杀意，但对高桥阿姨来说，可能有决定性的最后一击不是吗？”

母亲或许也正为了不从坡道上坠落，死命地保持平衡。

是我推了她的背。

真弓突然抬起头，脸上是恍然大悟的表情。

“没错，或许就是彩花说的这样。不是今天突然发生的。淳子太太一定也——”

“请不要再说了。”良幸打断真弓。

“非常感谢您告诉我们当天晚上发生的事，但是请不要随便揣测母亲的心情。无论谁如何猜想，都只有母亲本人才了解。我们做子女的也不了解。今天真的谢谢您了。”

他朝启介低头鞠躬，然后转向聪子。

“我们家发生的事情给云雀之丘的各位添麻烦了，真的非常抱歉。但是我们几个，尤其是弟弟和妹妹是在这里出生的，他们从来没有在别的地方生活过。请让他们俩至少在能独立之前留在这里。千万拜托了。”

良幸弯下腰，头几乎要碰到膝盖。他知道自己的肩膀在颤抖。回到云雀之丘，这才认识到出了事的果然是自己家。他们已经不能理所当然地继续住在自己长大的老家了。

“拜托了。”

比奈子也低下头，慎司也是。

但是我们并没有错。就算犯案的母亲，也并没对不起这些人，所以绝对不能轻易谢罪。

只是有尊严的低头而已。

“没关系。请把头抬起来。我明白你们的心情。云雀之丘的事就交给我，我会去说服妇女会成员的。你们今天已经很累了吧。请好好休息。要不然住我家也可以。”

听到聪子这么说，良幸慢慢抬起头来。他本来以为会看到她满面自得的笑容，但聪子似乎真的担心良幸他们。

“非常感谢，我们心领了。”

她不是因为自己的低姿态才同情的。冷静想想，这是自己所知云雀之丘最可靠的小岛家的阿姨。

被居民接受并不表示就能完全安心，但总之不会再被人贴传单了吧。

这样就可以回家了。

——凌晨两点四十五分。

离开小岛家之后六人各自回家。良幸微微点头致意，比奈子和慎司则看也不看这边一眼。

真弓打开大门，彩花跟启介先进去了。

关上门前真弓再度转向高桥家，墙上仍旧贴着不少中伤传单。他家兄妹三人目不斜视地打开大门，正要走进漆黑的家里，突然停下脚步，三人低语了一阵。然后慎司朝这里跑来。

“对不起，这么晚才还您。”

他双手递上一张折起的万元钞。

“啊，你还特地跑来。”

真弓收下万元钞。

对了，担心的是这个。开车在市内找慎司跟这是同一天发生的事。

“多谢您。”慎司很快道谢，微微一笑然后回去了。

平安回来，太好了。

真弓目送慎司的背影，也回到自己家。她锁好大门，把彩花跟启介的鞋子摆好。

她走到厨房，打开挂在墙上的皮包要把慎司还的一万日元收起来，看见里面的手机在闪灯。晚上八点收到一则新短信，新鲜斋藤超市的同事美和子发来的。

——你好。大新闻哟。晶子是“云雀之丘精英医师遇害案”的嫌犯的妹妹。我家的孩子跟嫌犯的女儿同年级。好可怕啊。但是晶子已经不来上班了，可以安心。说是好像有喜，不知是真的吗？总之明天见。

完全没什么可怕的。晶子什么都没做。这样贬低他人，为什么没想到下次自己也可能成为凶手或是凶手的亲人呢？但是晶子辞职的理由是怀孕，真是太好了。要不要带礼物去探望她呢？她或许会觉得真弓是出于好玩才去的，但她觉得自己现在应该帮得上忙。

她删掉短信，把手机放回皮包里。她望向客厅，启介跟彩花瘫在沙发上。

“给我杯水好吗？”

“我也要。”

两人看见真弓在厨房便这么说。真弓从冰箱里拿出宝特瓶。这是新鲜斋藤超市免费供应的矿泉水。她把水倒进便宜的厚玻璃杯，放在桌上。启介跟彩花都咕嘟咕嘟地喝光了。真弓也在沙发边上坐下喝水。

房里仍旧残留着酸臭。窗帘是拉开的，破掉的窗户一览无遗。但启介什么也没说。

“他们家的小孩还真厚脸皮。我们已经对他们够亲切的了。什么不要随便揣测母亲的心情，他以为他是谁啊？人家已经顾虑到他们，才特别客气了说。”

彩花“哐”的一声把玻璃杯放在桌上。彩花在小岛家说的话真的让真弓吃了一惊。彩花的意思她完全明白。那并不是解释淳子的心情，而是彩花自己真正的感觉。她似乎终于了解了彩花抓狂的原因。

“对了，我跟老爸非搬出去不可吗？”

“搬出去？”启介坐直身子。

“这个人说想自己住在这里。”

“那是……”

彩花用下巴一指，真弓说不出话来。她的确这么说了，但是——

“不可能的。”启介干脆地否决。

突然听见要分居也毫不动摇。要不然就是跟往常一样当没听见。

“现在的生活已经是极限了，哪来分开住的钱？就算把这里卖掉，也只剩下债务而已。就算不喜欢云雀之丘，不喜欢这个房子，三个人在一起不愉快，也只有这个地方可住。但是今天我们三个人在最恶劣的情况下还能聚在一起，之后应该也有办法过的吧。”

启介说完喝了水，再度瘫在沙发上。

彩花一言不发，但是也没有要回自己房间的意思。她躺在沙发上缩成一团，望着天花板某处。

真弓也沉默不语。四下只听见时钟的声音。天亮后又得过着一成不变的生活。星期六，新鲜斋藤超市一定人挤人。彩花可能还会抓狂，现在说得头头是道的启介也会再度回归鸵鸟主义吧。即便如此。

“这是什么？”

彩花看见放在桌边的纸袋，有名的巧克力店的袋子，是聪子带来的吗？

“啊，客户自己做的巧克力蛋糕。刚才来的那两个孩子的母亲。我说我有女儿，她就说带回去给小姐吃。”启介回答。

彩花拿起纸袋望向里面。

“嗯，吃吃看吧。但是已经这么晚了，吃这个会长痘痘……喂，一起吃吧。”

彩花轮流望着真弓和启介。

“好啊。那我去泡红茶。”

真弓急忙起身。没问题的。三人一起住在这里，只要度过了今天，明天跟以后一定会有办法的。

凌晨三点——

案发现场一楼的客厅进不去，二楼比奈子跟慎司的房间窗户破了，兄妹三人便在良幸的房间等待天亮。

比奈子本来要开灯，想想还是算了，颓然坐在床上。

刚才在外面闹成那样，邻居应该知道我们回来了吧。至少今晚希望能手足三人静静地度过。

“果然是我的错。”

驼着背坐在门口的慎司突然说。

“我本来以为对面的叔叔会说出让人意外的话，因为钱或者是外遇之类的事情吵架什么的，结果是我最不想听到的事……”

“你知道是妈妈的错啊。结婚都已经快二十年了，还在跟以前的太太竞争。”

“真的是那样吗？跟已经死了的人竞争有什么用？妈妈应该也明白吧。”

坐在书桌前的良幸说。不知道他在看哪里，脸上是什么表情。眼睛慢慢习惯的黑暗中只听到各自的声音。

“直接竞争不可能，所以用孩子来竞争不是吗？看谁能生下让爸爸高兴的优秀小孩。要是妈妈在法庭上说这是动机，那大哥和慎司也要被媒体盯上了。”

比奈子深深叹了一口气。

听到远藤启介叙述当天晚上的对话时，她拼命忍着不大叫要他别说了。怎么想都觉得跟案子没有关系。

母亲得知丈夫对自己为了跟前妻竞争而尽心养育的孩子并没有什么期待，一定充满了挫败感。她看见丈夫称赞的前妻的孩子赢得的奖杯，一时冲动拿起来打人也是可能的。但是她明白父亲为什么说随慎司去好了。父亲虽然嘴里说孩子们爱做什么就做什么，但心里不可能没有任何期待。偶尔早回家就看到不像话的场面，心里可能想是不是一天到晚都这样，既然如此就算了，随他去吧。

家里发生跟对面邻居一样的骚动，最绝望的应该是母亲了。慎司的极限只有如此。然后丈夫说了要放弃慎司。这等于将自己十几年以来的人生全盘否定。

那我算什么呢?

坡道病——这是彩花说的。觉得脚下的地面倾斜。硬撑着继续下去，就渐渐不觉得自己倾斜，一个不小心就掉下去了。母亲几乎不跟自己的亲戚往来，连晶子阿姨都几乎没来过云雀之丘。从山坡下面上来，跟小岛太太那样的人打交道，就得尽力稳住不掉下去。偶尔吃吃泡面也不错啊。

比奈子从来没有感觉脚下倾斜过，但是她也不觉得在黑暗中漠然持续的未来道路是笔直的，然而她并不想用彩花的方式描述现在的情况。那个孩子要是不抓狂，慎司爆发就只不过是单一的偶然。话说回来，慎司之所以爆发，难道不是因为白天的时候那个孩子对他说了些怪话吗?

权利、权利，摆出一副自以为了不起的样子说个不停，其实就是一家子八卦的无聊人士。

他们把步美带来，比奈子是很高兴，但实在不觉得感激。分明不幸福的一家人，趁着对面邻居发生不幸之便，想要改善自己的状况不是吗？总之就是利用了我们。

但是现在不是为这种事不爽的时候。跟今后必须克服的试炼比起来，这完全是小意思。

因此大哥对他们说“请不要随便揣测母亲的心情”让比奈子很高兴。

“我不明白只因为说了那句话就殴打爸爸的心情。”良幸喃喃道。

“爸爸不只是对慎司，对我们所有小孩都没有特别的期望不是吗？他光是自己的事就够忙的了。他可能不像妈妈一样觉得小孩是自己的分身。我多半也是一样。要是动机只有那样的话，我觉得我可能一辈子也没办法了解妈妈的心情。但是我是被能为自己儿子杀人的女性尽心抚养长大的事实并不会改变。”

“果然还是我的错。”慎司哽咽地说。

“我辜负了妈妈的期望，因为无聊的小事就乱闹，是我的错。大哥请你原谅妈妈吧……”

慎司仿佛像是怕被外面听见，压低声音饮泣。是我的错。他在餐厅也说了同样的话自责。为什么回到云雀之丘呢？想知道的到底是什么呢？

真相只有一个。哀悼的对象、责备的对象、安慰的对象，全都是家人。仅此而已。

"原谅这种话，一定不是对父母跟兄弟姐妹说的。不管抱着怎样的感情，家人这个事实不会改变。我也有很多感慨，但我不想指责家里的人谁对谁错。"

"是啊。家里的事情用不着外人来裁决。事情真相只要我们自己家人知道就好。明天我们三个一起去见妈妈，想一想怎么做对未来最好吧。"

良幸的话让大家都点头。外面传来可能是送报员的机车声，云雀之丘就快要天亮了。

【七月六日（星期六）凌晨一点四十分—凌晨四点】

【《双叶周刊》"云雀之丘精英医师遇害案"的真相】

死者高桥弘幸一向热心于子女教育，特别是对明年春天即将接受高中入学考试的次男S同学非常严格，每天晚上在自家二楼的边间书房督促他念书到深夜。S同学目前在上有名的中学，成绩也很优秀，但高桥医生希望儿子跟自己一样走上医生的路，对此异常执着。S同学是篮球社的正式队员，经常活跃在球场上，但高桥医生认为社团活动有碍课业，强迫他退出篮球社。邻居看见比赛当天S同学的篮球用品被丢到了垃圾场。

案发当晚是S同学模拟考的前一天，高桥医生严厉地敦促他用功，但S同学抱怨头痛。学校相关人士证实当天S同学因为身体不适而早退。但高桥医生认为头痛只不过是他偷懒不想念书的借口，不理会S同学。S同学头痛难忍，不由得放声大叫。高桥医生要制止S同学，下楼要拿放在客厅的奖杯。嫌犯高桥淳子太太察觉危险要阻止丈夫，高桥医生置若罔闻，淳子太太就拿起放在架子上的奖杯从背后殴打丈夫。

打死丈夫的嫌犯淳子太太叫不知情的S同学到便利店去。听话离家的S同学在便利商店待了大约二十分钟购物后回家，但发现家门口停了救护车跟警车，一时惊慌便逃离现场，但次日便跟兄姐会合。

“我的心已经死了。妈妈是为了救我才犯罪的。请帮帮我妈妈吧。”

S同学对着记者们哭诉，仿若偶像明星的端正面孔因痛苦而扭曲。

小岛聪子 IV

哎哟，阿真，好久没联络了。真难得是你打电话来。有什么想要我寄给你的东西吗？

“云雀之丘精英医师遇害案”已经在网上看到了吧？啊，这样呀。我们这里已经平静下来，恢复成以往的云雀之丘了。

你看到的跟妈妈说的不一样？咦，这是在说什么啊？那个时候我很激动，说的话可能不太正确。当然是阿真查到的内容才对啊。

他家的小孩在说谎？你想太多了。高桥医生真的很凶呢。其实淳子太太才是被害者。家里的事情，只有他家的人才会知道的。

叫声？对呢，妈妈跟阿真说的是隔壁人家。警报器派上了大用场，及时阻止了悲剧发生。不愧是阿真，虽然不在身边，但还是照顾到妈妈了。但是最近隔壁也安静下来了。

你们还是不打算回来吗？没关系，不用介意。妈妈现在挺忙的。

我算是高桥家的代理监护人吧。但是还是有不少开心的事情。我最期待明天高木俊介的演唱会了，还买了新衣服。新衣服跟我的小包不配，真伤脑筋。没办法，背别的包去吧。

对了，我不久之前才听说的，后年海边要盖一座摩天轮呢。阿真喜欢摩天轮吧？完工的时候回来也不错。

你已经不是喜欢搭摩天轮的年纪了？说什么啊。那是日本最高的，连我都很期待呢。

就算是长年居住的地方，在上面转一圈以后，同样的景色看来可能也会有所不同的。

我很想跟阿真一起坐坐看呢。

图书在版编目（CIP）数据

夜行摩天轮 /（日）湊佳苗著；丁世佳译．— 成都：
四川文艺出版社，2020.3
ISBN 978-7-5411-5557-4

Ⅰ．①夜… Ⅱ．①湊… ②丁… Ⅲ．①推理小说－日本－现代 Ⅳ．① I313.45

中国版本图书馆 CIP 数据核字（2019）第 253771 号

YEXINGMOTIANLUN

夜行摩天轮

［日］湊佳苗 著　丁世佳 译

出品人　张庆宁
责任编辑　邓　敏
特约编辑　胡瑞婷
特约监制　潘　良　魏　强
封面插图　瓜田李下 Design
装帧设计　lemon
责任校对　汪　平

出版发行　四川文艺出版社（成都市槐树街 2 号）
网　　址　www.scwys.com
电　　话　028-86259287（发行部）　028-86259303（编辑部）
传　　真　028-86259306

邮购地址　成都市槐树街 2 号四川文艺出版社邮购部　610031
印　　刷　三河市冀华印务有限公司
成品尺寸　146mm × 210mm　　开　　本　32 开
印　　张　8　　字　　数　180 千
版　　次　2020 年 3 月第一版　　印　　次　2020 年 3 月第一次印刷
书　　号　ISBN 978-7-5411-5557-4
定　　价　42.00 元